AF451304

# ELIA BONCI

# DIPHYLLEIA

*Solo l'Amore
può distruggere
l'omofobia*

Caravaggio
Editore

DIPHYLLEIA. Solo l'Amore può distruggere l'omofobia
di Elia Bonci



Collana Editoriale Narrativa
Prima Edizione Marzo 2019

ISBN 978-88-95437-86-6

**In copertina:** fotografia di Alexey Teslov.

Progetto grafico a cura di **AgenziaLetteraria.Net**

Un fiore bianco che a contatto con l'acqua diventa trasparente. Un fiore che, quando piove, si trasforma. Sotto la pioggia i petali di questo fiore sembrano trasformarsi in cristalli scintillanti. Per via di questa particolarità viene chiamato Skeleton Flower, cioè fiore scheletro, ma il suo nome scientifico è *Diphylleia grayi*.

A chi è morto dentro: *innamorati*.

# DIPHYLLEIA

# ANTEFATTO

La debole luce di un piccolo fiammifero le illuminava lievemente il volto pallido. Il tremolio della mano aumentava, come il suo battito cardiaco. Con il fiammifero cercava di far luce nelle tenebre, ma quel buio era così intenso che sembrava avvolgerla completamente, farla diventare parte di sé. Si girò di scatto e posò lo sguardo sulla rampa di scale che si intravedeva appena. Riuscì a percepire un movimento in tutta quell'oscurità. Qualcuno si stava avvicinando. Le scale di metallo arrugginito cominciarono a cigolare. Il rumore si faceva sempre più intenso, si avvicinava sempre di più. Avrebbe voluto fuggire ma la paura le aveva bloccato le gambe. Tremava, tremava. Tremava così forte che il fiammifero che teneva in mano si spense. Deglutì, poi trattenne il respiro. Un tonfo: il cigolio cessò. Lei era lì, con la piena consapevolezza di avere davanti qualcuno. Buttò fuori una nuvola di respiro, ultimo grigiore prima della tempesta. Un'aria gelida le stava passando fra i capelli. Qualcosa si mosse in quel buio e le sfiorò la pelle del viso. Ecco la paura, salita dallo stomaco e arrivata al cuore. Faceva terribilmente freddo lì sotto ma dal suo viso stavano scivolando lente delle gocce di sudore. Il terrore si era impossessato di lei. Indietreggiò di pochi centimetri, spalancò le palpebre nella speranza di vedere qualcosa in quella maledetta oscurità. Tese la mano, tremolante, lentamente in avanti. Non c'era niente, solo aria gelida. Il cuore accelerò i battiti. In quel silenzio assordante le sembrò di sentirlo pulsare così forte che parve volerle uscire dal petto per scappare via da quell'incubo. Sapeva di non essere sola. Di nuovo quell'aria gelida fra i capelli. Sentì dei passi avvicinarsi senza capire da quale direzione provenissero. Sgranò gli occhi, un brivido freddo le percorse la schiena e la fece pietrificare. Qualcuno le afferrò il collo. Cominciò a dimenarsi per scappare, ma la forza di chi le stringeva la gola era troppa. Le alzò i lunghi capelli e si avvicinò all'orecchio sussurrandole qualcosa, parole che sembravano una triste fanfara di morte.

«Ti ho trovata!»

Provò a urlare nella speranza che qualcuno la sentisse.

«Lasciami! Lasciami stare!»

«Shhh, non vorrai svegliare qualcuno, è notte fonda.»

Le mise la mano sulla bocca e strinse forte per far sì che non urlasse più. Le lacrime scesero dai suoi occhi e finirono sulla mano che le toglieva il respiro.

«Perché piangi? Non avere paura.»

L'uomo scoppiò in una rumorosa risata. Tolse la mano e le permise di respirare. Ma solo per poco. Afferrò i suoi lunghissimi capelli e la buttò in avanti. Si scontrò con il muro, sentì le ossa rompersi, frantumarsi in tante piccole parti. La cartilagine del naso contorcersi. La pelle lacerarsi. Il sangue scorrere veloce. L'aveva scagliata con tanta forza che rimbalzò e cadde a terra. Era distesa al suolo e gemeva dal dolore. Piangeva e le sue lacrime si amalgamavano con il sangue che le ricopriva il viso. Le labbra erano completamente spaccate. Provò ad aprirle ma sentì un dolore lancinante. Tenendole serrate provò a mormorare qualcosa: «Perché… Perc…»

La voce le si spezzò in gola e poco dopo cominciò a tossire, sputando sangue. Aveva delle fitte fortissime al petto, non riusciva neanche più a respirare. Ma in fondo, a cosa le sarebbe servito respirare, ora? Lui si avvicinò lentamente, tirandola su per i capelli.

«Zitta!»

L'uomo la scaraventò a terra con una rabbia disumana. Lei rimase lì, dolorante fra le lacrime. Aveva la vista annebbiata ma riuscì ugualmente a intravedere l'uomo accendere una torcia e allontanarsi verso le scale arrugginite. Provò a strisciare per raggiungerle ma i dolori erano estenuanti. Chiuse gli occhi e decise di lasciarsi andare, nella speranza che quei maledetti dolori cessassero, che quel maledetto incubo finisse all'istante.

## CAPITOLO 1:

## UN NUOVO INIZIO

Quella sera di fine febbraio, come tante altre sere, il mondo sembrava fermo, come se avesse concentrato tutte le sue attenzioni su Superior Street, nella città di Duluth, nello stato del Minnesota. La neve, che nelle notti precedenti era scesa lieve dal cielo rendendo sorda e muta la città, aveva reso l'atmosfera incredibilmente soave. Dal bianco accecante delle strade completamente innevate risaltavano alla vista i fari delle auto di passaggio e le luci dei semafori che tingevano quell'atmosfera dannatamente pura. Il freddo si insidiava tra le case, passava le pareti, toccava le persone. Ma tra quel freddo, fra quel vuoto, c'era chi ancora sperava. Chi ancora non si lasciava trapassare l'anima da quell'aria gelida. C'era chi aveva il cuore caldo, pieno di speranza, pieno di voglia di vivere, di sciogliere quel maledetto ghiaccio da cui si sentiva soffocare. E non c'era vento quella sera ma solo lunghi e interminabili sospiri. Non c'era pioggia, quella sera, ma solo pesanti lacrime. Non c'era neve che scendeva lieve. Non c'era niente.

Eppure si sentiva profumo d'amore in quella stanza d'ospedale in cui si trovava Aiyana.

«Infermiere! Infermiere! Ha aperto gli occhi! Li ha aperti! Li ha aperti!»

«Eccomi! Come dice? Ha aperto gli occhi?»

«Sì! Mi ha guardata! Mi ha guardata!»

«Si avvicini signora, provi a parlarle, coraggio.»

Karla si avvicinò lentamente al letto dove era sdraiata la nipote. Si bloccò un attimo prima di arrivare, chiuse gli occhi e mormorò tra sé parole disperate: «Ti prego, fa che sia sveglia, fa che sia sveglia…»

Le prese la mano e rimase sorpresa nel sentire che era calda, non gelida come lo era stata tutte le volte in cui l'aveva stretta. Fece un lungo respiro cercando il coraggio in un po' di ossigeno. Una delusione le avrebbe disintegrato ogni speranza, le avrebbe strappato il cuore.

«Aiyana? Sono la nonna, mi senti?»

Il silenzio si era impossessato del tempo e contribuiva ad aumentare la tensione. Karla assunse un'espressione di disperata speranza. Strinse più forte che poteva la mano di Aiyana, chiuse gli occhi e sospirò: «Un segno, una qualsiasi cosa, ma fammi capire che mi senti, Aiyana.»

Nessun segno, nessun movimento. Karla abbassò lo sguardo e rimase a fissare il vuoto. Il dolore era troppo forte. Così forte che persino le lacrime si erano fermate nel cuore, non erano riuscite ad arrivare al portale dell'anima. L'infermiere si avvicinò e le posò una mano sulla spalla: «Mi spiace, signora. Forse è meglio che vada a casa a riposare.»

«Le giuro che ha aperto gli occhi. Io…»

Le lacrime soffocarono le sue parole.

«Vi lascio sole, mi dispiace davvero tanto signora Karla, mi creda.»

Karla seguì con lo sguardo l'infermiere allontanarsi dalla stanza. Era rimasta di nuovo sola. Nonostante lì ci fosse Aiyana, distesa sul letto, si sentiva terribilmente sola e addolorata. Cominciò a fissarla, a fissare il corpo di sua nipote: sembrava senz'anima. Era lì, immobile da più di tre mesi. Non sorrideva più, non parlava più, non apriva più nemmeno le palpebre. Ogni tanto faceva dei piccoli movimenti a malapena percepibili, che le davano speranza. I lunghi capelli color carbone erano rimasti legati per tutto quel tempo, i suoi meravigliosi occhi color nocciola erano rimasti chiusi, il suo dolce viso era segnato da cicatrici e la sua morbida pelle era stata bucata da aghi e flebo per mantenerla in vita.

*Non è più la mia dolce bambina, cosa le hai fatto?*, pensò Karla.

«Signora, mi dispiace disturbarla in un momento
così delicato, ma l'orario di visita è terminato, vada a
casa e si faccia una tisana, potrà tornare domani mattina.»

L'infermiere spezzò quell'atmosfera di malinconia che si era addentrata nel cuore di Karla e per un
attimo lei era riuscita a eliminare i pensieri.

«Oh, mi ha spaventata... stavo giusto andando,
ma lei per favore non lasci Aiyana sola, neanche un
attimo, la prego!»

«Non si preoccupi, ho chiesto il turno di notte per
rimanere qui con lei.»

«È cosi premuroso, non so davvero come ringra-
ziarla per tutto quello che sta facendo.»

«Non deve ringraziarmi, lo faccio volentieri. E la
smetta di chiamarmi infermiere e di darmi del lei,
ormai sono tre mesi che siamo qui, mi chiami pure
Ben.»

«D'accordo Ben.»


Ben la accompagnò all'uscita dell'ospedale, dove
un taxi la stava aspettando per portarla a casa. L'atmosfera era cupa, il cielo nero, proprio come l'animo
di Karla. La vettura gialla percorreva lentamente lo
stradone principale completamente infangato e
Karla lasciava scorrere il paesaggio circostante con

indifferenza. Passò il gomito sul finestrino appannato e osservò il suo amato quartiere, le case con i tetti a punta ricoperti di neve, gli alberi completamente bianchi, le finestre illuminate che sembravano riscaldare l'atmosfera. Niente. Non vide niente di più di quanto avesse visto con il finestrino appannato. Era tutto così morto, triste, spento. Abbassò le palpebre e si chiese se non fosse stato il suo cuore a essersi appannato, gelato, a essere soffocato a causa del dolore. Quella sera il vento non soffiava, sembrava fosse svanito come le speranze che aveva di rivedere gli occhi di sua nipote brillare. Tutto era spento ormai nell'ospedale. Era rimasta accesa solo la speranza che legava Aiyana agli altri pazienti, quella di riaprire gli occhi, quella di tornare a respirare la vita.

Ben aveva appena finito di cambiare le lenzuola al letto di Aiyana e si era seduto accanto a lei, guardandola. In quei tre mesi era rimasto molte volte lì a osservarla. E ogni volta che la guardava, col volto pieno di cicatrici, non poteva fare a meno di chiedersi perché mai, una ragazza così bella, fosse stata ridotta in quello stato. Per quale ragione una simile bellezza fosse stata segnata a vita.

Ben era uno di quei ragazzi che a prima vista ti fanno innamorare. Uno di quelli con il sorriso grande e dolce, con gli occhi caldi, anche se color ghiaccio e con il cuore profondo.

Cominciò a sistemare il disordine che regnava in quella stanza. Si comportava come se quella ragazza fosse sua amica, sua sorella. Mentre riponeva un paio di calze nel cassetto del comodino non poté fare a meno di notare un bigliettino posato sotto a un bicchiere. Era una piccola busta da lettere, ancora chiusa. La prese e si fermò a pensare se fosse stato giusto aprirla. Si convinse che in fondo non stava facendo nulla di male, che l'avrebbe soltanto letta e rimessa dove l'aveva trovata. La girò, sul retro c'era una lettera: S. La aprì delicatamente, facendo attenzione a non strappare la carta. Le sue mani in fondo erano abituate alla delicatezza. All'interno trovò un piccolo foglio scritto a penna:

*Mi hai insegnato il mare, S.*

Una strana curiosità si era impossessata di lui, come se dovesse a tutti i costi scoprire il significato di quello strano biglietto che sembrava un messaggio segreto.

Le parole vorticavano nella sua testa insistentemente. Uno strano dolore si era insidiato sotto la pelle, una sensazione mai provata prima. Cercava di capire chi potesse aver scritto quelle parole: un fidanzato, un marito, un amico. Rimise il pezzo di carta nella busta e lo posò. Si sentì improvvisamente triste e solo.

Quando ebbe finito di sistemare la stanza, si rimise accanto ad Aiyana, le prese la mano e le sussurrò dolcemente: «Svegliati piccola... Non ho mai visto una creatura meravigliosa come te dormire così a lungo. Svegliati e vivi.»

Si addormentò osservandola. La notte passò, tra sogni e speranze. Ben che sognava di amarla, di amare quella ragazza di cui conosceva soltanto il nome. E Karla. Lei sperava, piangeva e sperava che la sua dolce bambina riaprisse gli occhi, i polmoni e il cuore. E proprio durante la notte, in cui sogni e speranze sembrano prendere vita, animarsi e volare, Aiyana riaprì gli occhi. Ancora prima di capire dove fosse e cosa stesse succedendo, fece un lungo respiro, come un bambino che per la prima volta esce dal grembo materno. Fuori da quella stanza, nel frattempo, esili fiocchi di neve tingevano di bianco il buio. Si guardò intorno, stordita, smarrita, persa. Aveva capito di trovarsi in una stanza di un ospedale ma non sapeva per quale motivo. Cercò di alzarsi ma dei laceranti dolori si infiltrarono lungo la schiena, radici di un'erba velenosa che si diramavano dentro di lei.

«Non ci posso credere! Ti sei svegliata! Ti sei svegliata!»

Ben era balzato in piedi e la fissava incredulo.

«Come ti senti, Aiyana?»

La ragazza aveva lo sguardo vuoto, come quello di chi ha perso tutto in una tempesta di dolore.

Alzò tremolante le mani e le passò sul suo viso. Cercava un contatto con il mondo, con se stessa.

«Tu chi sei? Chi è Aiyana? E perché mi ritrovo in questo ospedale? Perché ho la testa fasciata?»

Ben si ritrovò davanti a una situazione veramente difficile, Aiyana aveva perso la memoria. Ogni singolo ricordo, ogni immagine, sensazione, sentimento o emozione che conservava in lei era andata perduta. Forse per sempre. In quel momento poteva sentirsi solo un corpo. Sarebbe potuta diventare chiunque, e come una spugna assorbire ogni cosa e renderla parte di sé. Ben rimase in silenzio, poi la guardò dritto negli occhi, cercando dentro se stesso tutta la forza di cui aveva bisogno: «Io sono Ben, l'infermiere, piacere. Ti trovi in ospedale. Tu sei Aiyana Wickate. So che in questo momento ti sembra tutto strano, ma sei soltanto confusa. Stai tranquilla, domani mattina, in presenza di un tuo parente, ti verrà spiegato tutto.»

Aiyana rimase in silenzio. Non si sentiva parte di quel mondo, non capiva. Si sforzava di ricordare ma era come se non avesse niente nella testa, come se prima di quell'istante lei non fosse mai esistita. La sua memoria era come un arido deserto di desolazione. Il suo era il silenzio di chi ha intrapreso un lungo viaggio e non ricorda più la via di casa. Di chi si è addormentato nel vagone del treno e si è risvegliato a chilometri di distanza da ciò che ha sempre amato. Solo che lei non ricordava di averlo intrapreso quel viaggio, di esserci mai salita su quel treno. Non aveva la minima idea di cosa e di come fosse la sua vita prima di quell'istante, prima di risvegliarsi in quel letto d'ospedale. Si riaddormentò, esausta, nella speranza che quello fosse solo un brutto sogno. Un incubo. Con la speranza di potersi risvegliare il mattino dopo e ricominciare la sua vita, quella di cui ora sembrava aver cancellato ogni attimo.

«Buongiorno Karla!»

Erano le nove in punto. L'orario di visita era appena iniziato e lei era già lì, puntuale come da tre mesi a quella parte. Capelli legati, viso pallido e stanco. La attendeva una notizia meravigliosa. Ma si sa, la vita quando fa un dono chiede sempre di restituirle il favore.

«La prego di seguirmi, devo parlarle di una cosa molto importante.»

Quelle parole, pronunciate da Ben, risuonarono nella testa di Karla che subito si spaventò.

«Cos'è successo a mia nipote, cosa devi dirmi Ben?»

«Si è svegliata.»

Non riusciva a crederci, non riusciva nemmeno a mettere in ordine quelle parole. Sorrideva, sorrideva con il cuore. Piangeva, bagnando il suo splendido sorriso. Piangeva lacrime di disperata gioia.

«Io... Non posso crederci... io... Oh, Ben.»

L'infermiere la abbracciò calorosamente e si fece scappare una lacrima.

«Lei non può neanche immaginare quanto io possa essere contento. Ma... ascolti...»

Ben aveva paura di rovinare quel momento. Paura di frantumare in una miriade di pezzi il sorriso di Karla.

«Non mi tenere sulle spine, parla!»

«Sua nipote ha perso la memoria. Non so dirle se questo sarà un danno permanente o se potrà recuperarla con il tempo. Posso solo dirle che dovrà starle vicina, dovrà aiutarla a ripercorrere ogni attimo della sua vita passata, e magari con il tempo riuscirà a recuperare i ricordi.»

Il suo sorriso, come temeva Ben, svanì in un istante. Castello di sabbia in preda alle onde. Era rimasta pietrificata, spaventata, scossa. Non solo perché sua nipote aveva perso la memoria, ma perché avrebbe dovuto ripercorrere ogni attimo del suo passato insieme a lei. E Karla sapeva benissimo quanto doloroso fosse stato il passato di quella ragazza. Sarebbe stato come farle rivivere da capo quell'orrore, quell'incessante dolore. Sarebbe stato come frantumarle nuovamente il cuore. Ma cosa resta di un cuore ricucito con amore e pazienza, quando viene distrutto nuovamente? Deglutì. Rimase per un attimo a fissare il vuoto, poi posò il suo sguardo in quello di Ben. Lo guardò a fondo, intrecciò gli occhi con i suoi. Respirò profondamente, lentamente e si incamminò verso la stanza di sua nipote.

«Aiyana, amore mio, non posso crederci, non posso credere di poter rivedere finalmente il colore dei tuoi occhi!» Karla stava per piangere.

Abbracciò forte la nipote, così forte che riuscì a sentirle il battito del cuore.

«Io… Io non la conosco.»

Aiyana non ricambiò l'abbraccio. Rimase fredda, immobile. Sarebbe potuto entrare chiunque in quel momento dicendole di essere l'amore della sua vita che lei non sarebbe riuscita a credergli.

«Hai perso la memoria. Sono tua nonna, Karla.»

«Ho paura, non ricordo nulla! Cosa ci faccio in questo posto! Perché non ricordo nulla della mia fottuta vita?»

Aiyana scoppiò in un pianto disperato. Le lacrime scendevano lente sul volto che sembrava assorbirle come un fiore che era rimasto troppo tempo senz'acqua. Karla la strinse forte a sé: «Sta' tranquilla. Ti aiuterò io a ritrovare la tua vita, a riassaporare i tuoi ricordi.»

Aiyana strinse Karla, quella donna che non le ricordava nulla. Le sembrava di abbracciare una sconosciuta. Con la coda dell'occhio notò due rose, ormai appassite, sul comodino.

«Ho un ragazzo? Sono sposata?»

«No, non hai un ragazzo e non sei neanche sposata. Perché?»

«Le rose. Chi mi ha mandato quelle rose?»

Karla si sentiva veramente addolorata. Sua nipote non ricordava davvero nulla del suo passato.

«Non so dirtelo con certezza. Ogni mese arrivava una rosa. Questo mese invece è arrivata questa lettera.»

Aiyana ricominciò a piangere.

«Sono tre mesi che sono qui. Io...»

Non riusciva a parlare, sentiva le parole intrappolate in gola. Come se il dolore le tirasse a sé, tiranno crudele che non la lasciava respirare.

«Voglio sapere cosa mi è successo, voglio sapere chi sono, voglio sapere tutto!»

Nel frattempo Ben, che era rimasto sulla soglia per lasciare le due donne sole in quel momento delicato, decise di entrare.

«Buongiorno Aiyana. So che hai tutto il diritto di sapere della tua vita, ma le cose devono essere fatte con calma. Più tardi farai le ultime analisi e se sarà tutto nella norma, potrai cominciare a fare riabilitazione. Tua nonna avrà tutto il tempo di raccontarti quello che hai bisogno di sapere.»

«Ben è stato veramente premuroso in tutto questo tempo. Non ti ha lasciata sola un attimo.»

Aiyana lo fissava, non riusciva a smettere di fissare quel mare ghiacciato che il ragazzo si portava negli occhi.

«Ti ringrazio.» Ben sorrise, con il sorriso di chi è innamorato.

«Ora vi lascio sole. Avete ancora un po' di tempo per parlare, tra poco l'orario di visita sarà finito.»

Ora era Karla a fissare quel ghiaccio caldo.

«Non lasciarci sole. Non lasciarla sola.»

«Non potrei mai abbandonarvi. Non potrei mai lasciare sola una ragazza come sua nipote. Stia tranquilla, vi starò vicino.»

Karla aveva gli occhi stracolmi di lacrime.

«Grazie. Grazie di tutto...»

«A più tardi.»


Erano di nuovo loro due. E questa volta Karla, in quella stanza d'ospedale, non si sentiva più sola. Anche se sua nipote non aveva la minima idea di chi fosse, sentiva però che c'era, lei era lì. Da inconsapevole assenza a inconsapevole presenza. Sapeva anche che quello sarebbe stato il punto di partenza per un nuovo inizio.

# Capitolo 2:

## Ripercorrere il dolore

Karla era impaziente, i suoi piedi percorrevano senza sosta il corridoio del reparto. Le suole, ormai consumate dal tempo e dalla disperazione, non facevano che portarla avanti e indietro. Una ciclica ripetizione, un modo come un altro per combattere il dolore. Mentre camminava stringeva nella mano destra la sua borsa di velluto. Nell'altra mano, stretta come a volerci chiudere il mondo, teneva serrate delle fotografie. Ben le aveva consigliato di portarle per aiutare Aiyana a recuperare la memoria. Non sapeva se questo avrebbe davvero funzionato, ma bisognava provarci in ogni modo. Non poteva sentire gioia più vera nel cuore, ma sapeva anche che non sarebbe stato per niente facile ripercorrere tutto il dolore. Aiyana avrebbe fatto delle domande e giustamente meritava delle risposte.

Aiyana nel frattempo si trovava nella sua stanza d'ospedale. Fissava invano le mura giallastre ma nulla affiorava nella sua mente. Solo paura. Paura e dolore. Si alzò dal letto, scoprendo delicatamente le sue gambe nude dal calore delle lenzuola e sentendo dentro una strana sensazione di smarrimento.

Prese alcuni vestiti a caso dalla valigia e si incamminò a fatica verso la doccia: dolori fortissimi rendevano le sue gambe estremamente pesanti. Nonostante ciò, sentiva il forte bisogno di lavarsi, per lasciar scivolare via, insieme all'acqua calda, tutti i cattivi pensieri.

L'acqua scorreva lenta sulla sua pelle… Le sue mani scivolavano piano, non riconoscevano quei lineamenti, sembravano toccare per la prima volta quel corpo, quelle curve. I suoi occhi si fermarono su ogni cicatrice. Si chiedeva il perché di quei segni. Si chiedeva cosa fosse mai accaduto. E piangeva. Acqua e lacrime, dolore e paura. Si asciugò gli occhi con il braccio e notò un tatuaggio sul polso. Una scritta, in grassetto, in una lingua a lei apparentemente sconosciuta: *mahpya*. Si soffermò a pensare, cercando di ricordare; ma non le veniva nulla. Eppure sapeva che quel tatuaggio significava qualcosa. Si rassegnò. Lo avrebbe chiesto più tardi a sua nonna. Ormai era quella la sua vita. Chiedere e assimilare. Fingere di ricordare di aver ricominciato a vivere davvero.

«Finalmente è arrivato l'orario di visita, non vedevo l'ora di vederti, Aiyana.»

«Voglio sapere tutto della mia vita.»

«Con calma ti racconterò tutto, stai tranquilla. Ho portato delle fotografie per aiutarti con la memoria. Me l'ha consigliato Ben.»

«Non mi interessano queste stupide fotografie! Voglio sapere tutto, ora! Ridammi la mia vita!»

Aiyana era esplosa. Tutto il dolore che aveva accumulato e incastrato dentro di lei si era trasformato in rabbia. Piangeva. Urlava contro sua nonna, urlava perché voleva che la sua voce fosse più forte del dolore, voleva che facesse più rumore dell'assordante silenzio che si era insidiato nella sua anima da quando si era svegliata. Sua nonna non sapeva cosa fare, la paura la bloccava. Sapeva, però, che sua nipote aveva ragione. Respirò profondamente e cercò le giuste parole per ripercorrere la sua vita.

«Guardami negli occhi. Guardami, Aiyana.»

Karla prese l'esile viso della ragazza fra le mani. La pelle liscia e rosea di Aiyana sembrava amalgamarsi con quella ruvida e vissuta di sua nonna.

«Dimmi da dove vuoi che cominci e io comincerò. Starò qui anche tutta la vita a ripercorrere con te la tua. Dimmi cosa vuoi sapere, troverò il modo di raccontarti tutto. Troverò il modo di farti tornare la voglia di vivere che hai sempre avuto.»

Aiyana sembrava essersi calmata. Fece scivolare la sua mano fino a sfiorare quella della nonna. Le sorrise. Quel sorriso era oro. Se solo si fosse guardata allo specchio, si sarebbe innamorata di se stessa, perché il segreto dell'eterna bellezza è nel coraggio di essere felici.

«Scusami se ho alzato la voce. Tutto questo non è facile. Ma io voglio sapere tutto, dalle cose più stupide a quelle più complesse, a quelle che mi faranno sentire vuota, piena, innamorata, sola, distrutta. Non so neanche quanti anni ho...»

«Non avrei mai pensato di dover dire queste cose a te, sai...»

Karla voleva piangere, ma non lo fece.

«La mattina in cui sei nata, vent'anni fa, pioveva. E da quella mattina, ancor prima di guardarti negli occhi, ho capito che saresti stata speciale. Che avresti stravolto il mondo.»

Piangevano tutte e due. Karla prese una fotografia un po' ingiallita e la mostrò teneramente a sua nipote. Incastrati tra la pellicola e il tempo c'erano sua madre e suo padre che si stringevano in un letto d'ospedale e Aiyana, piccola e indifesa, stretta tra le loro braccia.

«Guarda questa foto, tesoro. Siete tu, la mamma e il papà nel giorno in cui sei nata. Era maggio.

C'erano rose ovunque, rosse, come l'amore che tra-
spariva dai tuoi occhi. Da quando era iniziata la primavera, il sole non era mai scomparso dal cielo. Mai
neanche una giornata di pioggia. Poi sei arrivata tu
a stravolgere il mondo. Tua madre ti stringeva forte
fra le sue braccia, così forte da far sembrare che volesse farti tornare dentro di lei.»

Aiyana non pronunciava più neanche una parola, se ne stava immobile con lo sguardo perso tra
le fotografie sbiadite e il volto di sua nonna. Aveva
fame di ricordi e Karla sembrava averlo capito. Tirò
fuori molte immagini da farle vedere, ognuna con
una storia dietro da raccontare.

«Questa qui sei tu, con il vestitino rosa e la co-
dina tirata su. Quello che ti porta sulle spalle è tuo
padre; è un uomo veramente forte e mi ricordo che
quel giorno non ti ha fatto scendere un secondo. Tu
avevi quattro anni e tantissima fantasia. Mi ricordo
che avevi detto che non potevi camminare o ti si sarebbero consumati i piedi e dovevi conservarli per
quando saresti diventata grande. Tuo padre era innamorato di te in un modo che non ti so spiegare,
acconsentiva a ogni tua richiesta, per quanto folle
fosse. Vedi lì, proprio dietro di voi? Quella donna
che sorride è tua madre. Quel giorno era al settimo

cielo. Stavamo andando allo zoo, la fotografia l'ho scattata io.»

«Mi è piaciuto lo zoo?»

«Tantissimo, non facevi altro che ridere e chiedere che verso facessero gli animali che stavamo guardando. Eri una bambina molto curiosa e anche tanto simpatica. Voi tre non facevate che ridere quando vi vedevo insieme.»

La nonna cominciava ad avere paura. Sapeva che la ragazza avrebbe fatto altre domande. Sapeva che Aiyana voleva delle risposte.

«E dov'è ora mia madre?»

Karla non trovava le parole. Eppure sapeva che sarebbe arrivato questo momento e d'altra parte non c'erano parole che non l'avrebbero ferita. Non c'erano parole delicate per dirle che sua madre non c'era più. L'unica cosa che le venne in mente da fare era tirare fuori un'altra fotografia.

«Questa è tua madre sei anni fa. Guarda che splendido sorriso, non trovi? Era il suo vestito preferito, diceva tuo padre che non usciva mai senza. Mi dispiace che tu debba provare nuovamente tutto questo dolore, come se non ti fosse bastato quello sentito in passato. Tua madre era molto malata. Quella che ti ho mostrato è l'ultima fotografia in cui sorride.»

Aiyana era rimasta a fissare il vuoto, il nulla. Si sentiva come una mano dentro di lei che le strappava il cuore, che le svuotava i polmoni. Sua madre era morta e non aveva nessun ricordo di lei, nessun ricordo felice insieme a lei. Non ricordava l'odore della sua pelle, il suono della voce, non ricordava neanche i suoi lineamenti. Le era rimasta solo una fotografia che ora stringeva al petto con tenerezza.

«E mio padre?»

Karla sentì un nodo alla gola. Il sangue si era gelato nelle vene. Provò a parlare, ma dalla sua bocca non uscì nulla.

«È morto anche lui, non è vero?»

«No, non è morto tuo padre. Ma quello che sto per dirti non sarà affatto piacevole. Non sarà per niente facile da accettare, da capire.»

«Non me ne frega. Non ho nulla da perdere ormai, giusto?»

Si sbagliava. Non sapeva. Non poteva sapere che in fondo qualcosa da perdere ancora le era rimasto. Lo aveva ancorato al cuore, aggrappato all'anima, ma non se ne rendeva conto, non riusciva a farlo emergere, a far tornare in superficie quel grande sentimento che le era stato seminato dentro.

«Tu e tuo padre avevate un rapporto meraviglioso, lui era il tuo migliore amico. Quando tu avevi quattordici anni, lo stesso anno in cui tua madre si è ammalata, lui è andato via di casa lasciandovi sole.»

«Non è mai più tornato?»

«Sì, il giorno in cui tua madre ci ha lasciati. Pretendeva che tu rimanessi a vivere con lui. Fortunatamente sono riuscita a tenerti qui con me. Il dolore per la perdita di tua madre lo aveva trasformato in un altro uomo, credimi. La amava molto, non so cosa si possa provare a perdere un amore così. Non c'era più niente di quello che conoscevo di lui. Neanche le sue più grandi passioni sono riuscite a salvarlo. Sai, tuo padre era un insegnante di letteratura, il migliore. Metteva tutto se stesso per i suoi ragazzi e per il suo lavoro. Poi ha lasciato tutto. Vi ha abbandonato e per scappare dal dolore si è rifugiato nell'alcol. Dio solo sa come fa a essere ancora vivo.»

Aiyana aveva gli occhi vuoti, le palpebre abbassate. Non riusciva a capire perché si sentisse così male. Non ricordava nulla, e forse era meglio così. Avrebbe potuto ricominciare, davvero, tutto da capo.

«Dimmi cosa vuoi sapere», disse la nonna con la voce piena d'amore.

«Ci sarebbero davvero tante cose... ma ora, dimmi, come ho fatto a finire in ospedale, che cosa mi è accaduto?»

Karla aveva un segreto. Lo aveva tenuto nascosto per tutto questo tempo e lo avrebbe fatto ancora. Non voleva ferirla ulteriormente.

«È stato un incidente. Eri nella cantina nella tua vecchia casa. L'interruttore della luce era rotto e mentre scendevi le scale devi essere inciampata. Hai sbattuto violentemente contro il muro. Non so cosa facessi lì, non c'eri voluta più tornare da quando è morta tua madre. Pensavo fossi nel tuo appartamento, quello che condividi con i tuoi compagni di università, e invece ti ho ritrovata lì. Oh, Aiyana...»

I suoi occhi si riempirono di lacrime. Il suo cuore si svuotò. La nonna piangeva. Forse perché le stava mentendo. O forse perché non riusciva a togliersi dalla mente quella dannata immagine, quel dannato sangue. Aiyana le mise una mano sulla spalla, poi alzò anche l'altra e la abbracciò. E quell'abbraccio era dirsi "ti amo", silenziosamente, reciprocamente.

Karla sorrideva e le lacrime le scivolavano sul viso fino alle labbra.

«Nonna, mentre mi facevo la doccia, ho notato di avere sul polso uno strano tatuaggio... tu sai cosa significa questa parola?»

«Purtroppo non so rispondere a questa domanda. So che questo tatuaggio l'hai fatto il giorno dei tuoi diciotto anni, nient'altro. Quando sei venuta per farmelo vedere eri davvero felice, avevi una strana luce negli occhi.»

«Una strana luce negli occhi...»

Aiyana ebbe un giramento di testa, qualcosa la scosse dal profondo dell'anima e si dovette attaccare alla maniglia gelida del suo letto d'ospedale, tanto era forte quella sensazione.

«Tutto bene, cara?»

«Credo di sì, mi gira solo un po' la testa.»

«Perché non apri quel biglietto che hai sul tuo comodino?» Karla prese la busta tra le mani ruvide e la diede ad Aiyana, sorridendo. Il peso di quello scavare a fondo nella sua anima alla ricerca di qualche ricordo doveva averla stancata molto e pensò fosse meglio farla distrarre un po'.

«Guarda, sul retro c'è una lettera.»

«Che lettera?»

«Una esse.»

Rimase incantata a guardare le labbra di sua nonna pronunciare quel suono. Lo sentiva echeggiare nella sua mente, scavare dentro, intrufolarsi nel suo cuore. Un brivido che si nasconde sotto la pelle, un'emozione che si incastra tra costole e anima e non va più via. Il suo cuore batteva, pulsava, si dimenava come una bestia feroce al richiamo di quel nome misterioso nascosto dietro quella lettera. Sembrava come se qualcosa dentro di lei volesse scappare, uscire. Come un ricordo, uno di quelli forti, che quando torna alla mente non si può fare altro che cercare di respirare, di sopravvivere. Ma lei di ricordi non ne aveva e non sapeva darsi una spiegazione. Rimase a fissare le due rose ormai appassite. Si chiedeva perché quella persona non si fosse fatta mai vedere, per quale motivo le avesse mandato solo delle rose e una lettera. La aprì e ne lesse il contenuto: *Mi hai insegnato il mare. S.*

Di nuovo quella sensazione, quel richiamo che le proveniva da dentro. Voleva sapere chi fosse, cosa significasse quella frase. Pianse.

# Capitolo 3:

## Stanza B 612

La grande tenda verde che teneva fuori il mondo dalla stanza B 612 ondeggiava solitaria nelle prime ore del mattino. Nella camera regnava il silenzio. Una cupa quiete si posava su ogni cosa. Aiyana, che ancora dormiva, sembrava tormentata da strane, stranissime cose. Serrava nel pugno stretto le lenzuola, forse per proteggersi nel sonno da qualche mostruosità. I giorni seguenti il suo risveglio erano stati molto duri e lei si sentiva davvero molto sola. La riabilitazione la stancava e occupava la maggior parte del suo tempo.

Un raggio di sole era venuto a svegliarla, portandola finalmente via dagli incubi. Aprì piano l'occhio destro, restandosene così per un po', come fanno i delfini quando si addormentano. Non era stato facile lasciarsi alle spalle un brutto sogno e ritrovarsi subito catapultati in un altro, dal quale però non poteva in alcun modo svegliarsi. Lo sapeva Ben, che da alcuni giorni aveva preso l'abitudine di starsene fuori dalla porta a guardarla per assicurarsi che stesse bene. Ogni mattina Aiyana doveva affrontare due ore di riabilitazione che le sarebbero poi servite per poter finalmente uscire dall'ospedale. Erano momenti molto delicati e lei era continuamente messa davanti alle sue fragilità. Dei dolori lancinanti la costrinsero a poggiare la testa tra le mani e premere forte sulle tempie, con la speranza di mandarli via. Si alzò dal letto con l'intento di andarsi a rinfrescare la faccia, ma tutto intorno a lei iniziò a girare in modo violento.

«Tutto bene?»

Ben entrò nella stanza, pronto a dare conforto alla ragazza. Lei lo guardò, ma non fece in tempo a dire neanche una parola che subito si accasciò su se stessa.

«Vieni qui, ti tengo io.»

L'infermiere afferrò la ragazza delicatamente per i fianchi, le sue mani come mollette a sorreggerla sul filo della vita.

Quando Aiyana sembrò essersi ripresa, Ben la poggiò delicatamente sul letto e le diede un bicchiere d'acqua che lei bevve sorridendogli.

Passavano i giorni tra il grigiore delle mura dell'ospedale e nel ragazzo nasceva qualcosa. Un fuoco ardeva dentro l'animo di Ben, mentre osservava la dolce ragazza smarrita nel caos di quel profondo dolore che stava vivendo.

«Grazie Ben, non so cosa farei senza di te. Sei sempre al posto giusto nel momento giusto. Anche quando non dovresti esserci. Sei proprio un vero amico oltre che un bravissimo "dottore".»

Aiyana sorrise dolcemente a Ben che ricambiò con una nota di imbarazzo che gli fece colorare le guance e abbassare la testa.

L'infermiere non riusciva bene a capire per quale motivo quel sorriso gli provocasse un tale effetto. Cercò di concentrarsi sul suo lavoro, era l'unica cosa che poteva fare in quel momento.

«Non devi ringraziarmi, faccio solo il mio dovere. Tu stai tranquilla, è normale perdere l'equilibrio o avere dei giramenti di testa. Sei stata per molto tempo ferma a letto, la riabilitazione ti farà bene e ti aiuterà a recuperare le capacità motorie.»

«A volte mi sembra di non sentire il mio corpo… di non averne il controllo.»

«È tutto normale, non devi preoccuparti. Riuscirai con il tempo a riavere la piena percezione del tuo corpo. Ora andiamo o arriveremo in ritardo.»

I due si avviarono nel lungo corridoio che portava all'infermeria, Aiyana aggrappata con tutte le sue forze al braccio di Ben. A guardarli sembravano conoscersi da una vita, erano davvero in sintonia. Ridevano e scherzavano di tutto e non la smettevano un attimo di parlare. Ben non smetteva un attimo di guardarla.

Arrivati nella stanza, Aiyana si sedette di spalle sul lettino bianco in attesa.

«Togliti la vestaglia.»

«Cosa sono queste proposte indecenti, infermiere?»

Aiyana si voltò a guardare Ben con sguardo severo, poi scoppiarono entrambi a ridere. Il suono della loro risata fece eco in tutto il reparto e le persone si fermarono ad ascoltarlo incuriosite, come fosse una musica.

«Potrebbe togliersi gentilmente la vestaglia che devo medicarla e cambiarle le fasciature sul torace?»

«Ecco, ora sei stato perfetto.»

Aiyana smise di parlare e si spogliò, guardandosi il corpo seminudo con tristezza. Non era facile accettare di ritrovarsi il corpo martoriato in quel modo, non ricordarsi come e non capire chi fosse stato a ridurlo così. Chiuse gli occhi, forse cercando di afferrare un ricordo o qualcosa che gli somigliasse appena. Dava le spalle a Ben, mentre lui sentiva crescere una strana sensazione che andava a morire tra costole e cuore. Si era affezionato davvero tanto a quella ragazza e non sopportava di vederla così.

Finita la medicazione e la fisioterapia erano soliti andare a passeggiare nel cortile dell'ospedale. Le giornate passavano e diventò un'abitudine ritrovarsi a camminare l'uno accanto all'altra nel verde. Ad Aiyana faceva bene stare all'aria aperta e a Ben sembrava far bene stare accanto a lei. Molto spesso passeggiavano in silenzio, godendosi il panorama del viale alberato e i suoni di sottofondo. C'erano delle grandi conifere verdi a rivestire l'intero viale. L'asfalto era completamente ricoperto dagli aghi degli enormi alberi che non avevano retto al forte vento di quei giorni. Aiyana si guardava le scarpe che li calpestavano a ogni passo e pensò di sentirsi proprio come una foglia, in bilico tra la vita e il niente. Delle panchine in legno scuro si alternavano tra gli alberi in attesa di qualche pensatore solitario o qualche innamorato. Aiyana spesso chiudeva gli occhi e lasciava che il vento le scompigliasse i capelli. Sembrava abbandonarsi ai ricordi. Forse si abbandonava alla vita.

«Non ti stanchi mai di passeggiare con me?»

Disse lei all'improvviso, la sua voce arrivava alle orecchie di Ben come un suono proveniente da galassie sconosciute.

«Non credo sia possibile.»

«È la tua pausa pranzo, potresti passarla a fare qualsiasi altra cosa.»

«Qualsiasi altra cosa non sarebbe bella come questa, però.»

«Perché?»

«Perché non ci saresti tu.»

Quel giorno i due si erano spinti oltre nella loro conversazione. L'imbarazzo si era impossessato del tempo e sembrava dominare il gioco della loro esistenza. Ben era incredulo, non capiva come avesse potuto dirle certe cose e iniziò a incupirsi. Un'espressione molto triste gli si dipinse tra gli occhi e la fronte, corrugata appena. Si spostò con la mano destra i riccioli che gli scendevano a cascata sul viso e iniziò a giocarci con le dita.

«Che ti è successo, infermiere? Sei diventato improvvisamente grigio.»

«Grigio?»

«Eh, sì, grigio come un temporale.»

Ben la guardava e non poteva fare a meno di sentirsi felice, perché lei sapeva sempre cosa dire e come risollevare ogni situazione.

«No, niente, mi ero solo perso nei miei pensieri.»

«A cosa stavi pensando?»

«Che sono felice che stai meglio e che ti stai riprendendo, sei una donna forte.»

«Io mi sento tanto fragile.»

«Sei un ossimoro.»

«Un ossimoro?»

«Sì. Sei una guerriera-sensibile.»

«Wow, e tu sei un poeta?»

«No, dico solo quello che penso anche quando non dovrei.»

«Stavo scherzando. Sei stato molto carino, anche se non mi hai spiegato il significato di quello che hai detto.»

«La vita ti ha messo davanti a una sfida difficilissima e tu hai lottato con le unghie e con i denti senza perdere la tua sensibilità. Sei stata più forte di ogni cosa, non hai perso la speranza e ora sei qui davanti a me che ancora sorridi.»

Le parole di Ben risuonarono nella mente di lei come una dolce melodia. Gli sorrise, gli prese la mano tra le sue e la strinse.

«Grazie, sei davvero un amico. Non credo che qualcuno mi abbia mai detto parole così belle.»

«Io invece credo di sì, forse anche più belle di queste. Anzi, ne sono sicuro.»

«Perché dici questo?»

«Sei una donna straordinaria.»

I due si guardarono intensamente per attimi che sembrarono eternità. Non riuscivano a smettere di farlo e non riuscivano neanche a dire altro. Ben, che sentiva di aver esagerato con le parole, cercò di rompere il silenzio e di aggiustare la situazione. Sapeva che l'unico modo per farlo era cambiare discorso, spezzare quel silenzio assordante che si era impossessato di ogni cosa.

«Cioè, non è che lo penso solo io, lo dimostrano le rose che ti hanno portato e anche tutti i bigliettini di pronta guarigione che erano sul tuo comodino.»

«Veramente c'era un solo biglietto. E non so proprio da parte di chi sia. Non riesco a ricordarmi proprio niente, nessuno. Vorrei tanto, credimi.»

Ben si rese conto di aver detto l'unica cosa che non avrebbe dovuto e di aver soltanto peggiorato la situazione. Non poteva assolutamente dire ad Aiyana che aveva frugato tra le sue cose per la troppa curiosità e che aveva letto il contenuto di quell'unico biglietto senza essere riuscito a capirne il significato. Ogni tanto pensava ancora a cosa potessero significare quelle parole, ma poi cercava di scacciare via quel pensiero, dicendosi che in fondo non erano affari suoi.

«Non ti preoccupare, vedrai che con la riabilitazione e l'aiuto di tua nonna tornerai a stare bene in poco tempo.»

«Lo spero, Ben.»

«Puoi farcela, credo in te, guerriera.»

«Sensibile, giusto?»

I due risero di gusto, fino a perdere il respiro. Poi si avviarono verso l'entrata per tornarsene ognuno alle proprie cose. Ben che tornava al suo lavoro, andando dal prossimo paziente a ripetere la solita routine. Aiyana che se ne ritornava nella sua stanza, sdraiata nel suo letto ad aspettare la nonna che veniva a raccontarle qualcosa di lei, per ricomporre i pezzi di quel puzzle che era la sua vita.

# CAPITOLO 4:

## FUOCO E ACQUA

Le lunghe e interminabili chiacchierate con sua nonna diventarono pian piano un'abitudine. Da quando Aiyana era tornata dall'ospedale, ogni giorno, si mettevano sedute l'una di fronte all'altra e parlavano per ore. Si guardavano negli occhi, si sorridevano. Aiyana si sentiva a casa, a casa di nuovo, anche se percepiva nell'animo un vuoto, una mancanza, un'assenza.

«Nonna, mi racconti qualcosa di me che ancora non so?»

Aiyana sorrise a sua nonna, che ricambiò e subito iniziò a parlare.

«Questa è una domanda che mi piace! Mi ricordo ancora il giorno in cui mi hai detto che ti saresti iscritta all'Accademia delle Belle Arti, avevi un sorriso stampato sul volto e un orgoglio negli occhi da far invidia. L'arte è sempre stata la tua passione, eri in grado di trovarla in ogni cosa.»

«Quindi studio "Belle Arti"?»

«Sì! Il giorno del test di ammissione eri davvero molto tesa e mi avevi chiesto di accompagnarti, così sono venuta con te. Ti ho aspettato per un bel po' e nell'attesa mi ricordo di averti costruito una coroncina con delle margherite. Quando avevo la tua età ne facevo di tutti i tipi, ho imparato a farle quando lavoravo dal fioraio sotto casa.»

«Belle le margherite, ma il mio test com'è andato?»

Le due si guardarono e non poterono trattenere le risate.

«Sei uscita correndo e muovendo le braccia nell'aria come una bandiera. Sorridevi e ho capito che ce l'avevi fatta.»

«Mi ha messo di buon umore questa cosa, ho proprio voglia di mettermi di nuovo sui libri, magari mi torna alla mente qualche ricordo!»

«Sarebbe fantastico, hai tutto il tempo per farlo.»

Aiyana si avvicinò a sua nonna e la strinse tra le sue braccia.

«Grazie, mi stai aiutando molto.»

E ad aiutarla c'era sempre anche Ben. Ogni giorno si recava da lui in ospedale per farsi cambiare le fasciature e farsi medicare. Erano amici ormai, come fratelli. Ogni volta che Aiyana incontrava Ben non poteva fare a meno di fissare i suoi occhi. Sembravano così pieni, esasperatamente colmi di qualcosa di buono. Quando lei si toglieva i vestiti per farsi medicare le ferite lungo il corpo a Ben batteva il cuore. Quando la pelle di Ben sfiorava quella di Aiyana, lui si sentiva in paradiso. E scherzavano, parlavano di tutto, forse di niente, ma non smettevano mai di parlare. Non smettevano mai di guardarsi negli occhi. Lui non smetteva mai di perdersi dentro di lei.

Continuarono a vedersi anche quando le ferite non ebbero più bisogno di essere medicate e le fasce di essere cambiate. Gli occhi di Ben avevano ancora sete. Avevano ancora bisogno di rivedere quelli di Aiyana.

Una mattina, mentre stavano facendo una delle loro solite passeggiate, Ben le prese la mano. E quando i loro palmi si baciarono, Aiyana si sentì a disagio, voleva ritirarla indietro, lasciare quella di lui, mentre Ben sentiva il fuoco dell'amore salirgli dentro. Rimasero così, per un po', poi lei la lasciò andare.

«È tanto che veniamo qui a passeggiare. Ogni giorno parliamo di qualcosa. Ci facciamo mille domande, ci diamo mille risposte. Ma ne ho una dentro da un po' di tempo che non ho ancora avuto il coraggio di farti.»

Aiyana sentì un brivido partire dalla schiena.

«Dimmi, Ben, sai che con me puoi parlare tranquillamente.» Sorrise ingenua. Si erano infuocate anche le sue guance ora, non solo il suo animo. Ben posò i suoi occhi in quelli di lei.

«Hai scoperto chi ti ha inviato le rose e il biglietto?»

Ben si sentì improvvisamente triste. Voleva essere lui il fortunato. Voleva esserci lui al fianco di Aiyana.

«No» rispose lei scoppiando a ridere. Ben la seguì. Lui non rideva solo fuori. Stava ridendo anche dentro. Era felice, era emozionato.

«Menomale!» Ben non riuscì a trattenersi. Lei lo guardò negli occhi, poi abbassò lo sguardo.

«Menomale cosa?» Ben non era pronto e sapeva che non lo sarebbe mai stato. Cercò la morbida pelle della sua mano e la strinse nella sua.

«Volevo solo dire che... beh, vedi... ti andrebbe di venire da me a pranzo? Ci prendiamo una pizza, stiamo un po' insieme.»

«È un appuntamento questo?»

«È quello che tu vuoi che sia.»

«All'una a casa tua?»

«Sì, penso a tutto io.»

Le aveva dato appuntamento a casa sua. Voleva saltare, urlare. Aveva voglia di tirarla a sé e baciarla. Baciarla ancora e ancora. Di sentire le sue labbra morbide. La guardò per un po' negli occhi, poi si avviò verso casa.

Aiyana invece non sentiva nulla. Non aveva voglia di urlare, né di baciarlo. Sentiva che Ben era solo un amico, niente di più. La sua sensibilità e la sua tenerezza lo rendevano unico. Era davvero una bella persona, sempre premuroso, molto attento a cosa dire e a cosa fare. Ma non si sentiva attratta da lui, non voleva che quello fosse un appuntamento.

«Nonna, devo parlarti.» Aiyana era rientrata in casa e sentiva un forte bisogno di parlare con sua nonna, di confidarsi con lei.

«Dimmi tutto.»

«Devo parlarti di Ben.»

Karla sentì una strana sensazione. Felicità inquinata di paura.

«Benedetto ragazzo! Cosa devi dirmi, ti ha fatto qualcosa?»

«No, anzi. Mi ha dato un appuntamento.»

«E tu?»

«Ho detto che vado.»

«Allora qual è il problema?»

«Non mi piace, io non mi sento attratta da lui. È solo un amico e ho paura di ferirlo. Ha fatto così tanto per noi, per me...»

Karla alzò la fronte e le sue rughe divennero più marcate. In fondo erano il segno della sua saggezza, del suo saper prendere in mano ogni situazione. Righe di un quaderno riempite dall'esperienza.

«Devi fare quello che ti dice il cuore. Lui è stato davvero molto generoso con noi, è proprio un ragazzo d'oro. Ma se il tuo cuore non palpita, quando senti pronunciare il suo nome, non illuderlo e non farti del male. Capirà, se veramente ti vuole bene.»

«Grazie nonna, non so cosa farei senza di te.»

Aiyana, dopo essersi confidata con la nonna, si sentiva più sicura, serena. Non aveva più timore di quell'appuntamento. Era solo un pranzo fra amici. Si andò a preparare in fretta perché non voleva assolutamente fare tardi. Ben era uno di quei ragazzi che non amava aspettare. Se ne era accorta. E questo le faceva paura: aveva aspettato che lei si svegliasse dal coma, interminabili mesi, per chiederle di uscire.

Aiyana si trovava nella doccia quando il suo sguardo si posò nuovamente sul tatuaggio che aveva sul braccio. Di nuovo quei brividi, quel richiamo. Si sentiva l'anima in fiamme nonostante l'acqua gelida. Si sentiva il cuore pieno, innamorato, ma non sapeva di chi. Aumentò il getto d'acqua e infilò la testa sotto per scacciare via quel pensiero, per spegnere quel fuoco che le ardeva dentro.

Nel frattempo Ben aveva cercato di sistemare al meglio la casa. Era un disordine totale. D'altronde viveva da solo da tanto tempo, cosa poteva importargliene del caos? A lui bastava avere ordine nella mente, nel cuore. E ne aveva, ora. Aveva un solo nome che gli passava per la testa, quello di Aiyana.

Aveva preso un film strappalacrime, adatto a quella giornata di pioggia. Non sapeva se quel tipo di film le sarebbe piaciuto ma in fondo non lo sapeva nemmeno Aiyana. Lo avrebbero scoperto insieme.

Puntuale, come piaceva a Ben, Aiyana si presentò sulla soglia della porta. Rimase per un po' lì, cercando di mettere in ordine la miriade di pensieri che le invadevano la testa. Suonò. In quel momento il cuore di Ben balzò fuori finendo in varie parti del mondo. L'attimo dopo tornò al suo posto, aspettando con ansia di incontrare quel cuore per cui batteva. Aprendo la porta si ritrovò davanti i suoi occhi color nocciola e se ne innamorò. Di nuovo, ancora. Non smetteva di innamorarsene mai. La guardava e si innamorava, ogni volta come la prima volta. Guardò i suoi lunghi capelli scuri scenderle lievi sulle spalle, poi alzando lo sguardo la salutò: «Eccoti finalmente!» La sua voce era tremolante e felice. Aveva il sorriso di uno stupido ma non se ne rendeva conto.

«Finalmente? Sono stata puntualissima!» Rideva anche lei.

Lui cercando di nascondere l'imbarazzo abbassò lo sguardo.

«Sei stata puntuale certo, non mi riferivo a questo. È che da quando ci siamo salutati mi manchi come se non ci vedessimo da una vita.»

Non riuscì a nascondere il suo imbarazzo, tantomeno i suoi sentimenti. Si era completamente lasciato andare. Ora anche Aiyana si sentiva turbata. Si sentiva in colpa. Non voleva deluderlo, non voleva ferirlo, gli voleva bene davvero.

«Che romantico! Dai, muoviti, andiamo a mangiare o la pizza si fredda.»

Sorrisero di nuovo. Poi si guardarono negli occhi e si abbracciarono. Si misero sul divano a mangiare la pizza e a guardare il film.

Da quando si erano seduti, non si erano staccati un attimo. Lui si avvicinava sempre di più a lei, desiderava il suo corpo, il suo calore. Ma più di qualsiasi altra cosa cercava le sue labbra. Le cercava da sempre, ma non le trovava mai. Non le trovava, poiché davanti a lui c'era un muro di paura, di incertezza. Sentiva che quello era il momento giusto, su quel divano, così vicini, le avrebbe finalmente potute trovare. Le prese la mano e si avvicinò. Piano. In quel silenzio si guardarono a lungo negli occhi. Si sarebbero detti tante cose, se solo si fossero capiti. Se solo quel ghiaccio si fosse sciolto in quel color nocciola. Erano a pochi millimetri. Le loro bocche si sfiorarono, i respiri dell'uno carezzavano l'altro. Ben sentì la sua pelle, sentì le sue labbra. Il calore di lei si fondeva con quello di lui fino a diventare una sola e unica cosa. Non c'era più confine tra loro, impossibile distinguerli in quel groviglio di passione e sentimento. Ben le diede prima un bacio timido tra il labbro inferiore e il mento. Poi continuò la sua esplorazione d'amore, salendo più su, fino a sentire il sapore della sua saliva. La sua lingua, un'astronave dispersa in un buco nero di piacere. Non c'era più nulla in quella stanza, se non loro due. Continuarono così per molto, a perdersi e ritrovarsi nell'infinità di quello spazio solo loro. Ben si sentiva leggero, si sentiva libero. Si era innamorato di nuovo.

In quell'infinito di passione, Aiyana sentì il suo cuore fare uno strano rumore. Era forse quello il suono che faceva l'amore? Non se lo ricordava, forse non l'aveva mai saputo. Quel suono strano che fa "crack", che porta a piegarsi in due e che costringe a fermarsi, qualsiasi cosa si stia facendo, per riprendere fiato. E mentre per lui quel bacio era fuoco per lei era acqua. E mentre lui si sentiva come un mare in tempesta lei si sentiva un'arida giornata d'estate. L'aveva trovato quel bacio, per quanto l'avesse cercato e si era innamorato ancora. Per mille e più volte si sarebbe potuto innamorare di lei, della stessa donna, di quella donna.

Aiyana fece scivolare via le sue labbra da quella morsa d'amore. Il cuore strepitava, urlava. Era improvvisamente triste. Sapeva che dentro di lei c'era solo un posto e che quel posto non era per Ben. Quel posto era già occupato, era già stato preso da qualcuno. Il suo cuore era già stato rapito, incantato. E quello che sentiva dentro era l'eco del cuore di chi la amava. Era un richiamo che le stava dicendo di tornare. Le stava dicendo che l'amava. E anche se lei non ricordava nulla, di questo era certa. L'unica certezza che ora aveva era quella di essere innamorata. Ecco cos'era quello strano rumore all'altezza del torace, suono di vetri rotti e ossa in frantumi.

«Scusami, non dovevo, scusami Ben.» Abbassò lo sguardo. Non voleva ferirlo e lo aveva fatto. Non voleva baciarlo e lo aveva fatto.

Ben si sentì cadere a terra, sbattere violentemente al suolo. Sentì il cuore chiudersi, frantumarsi, soffocare. E anche lui soffocare insieme al suo cuore. Cercò di trattenere le lacrime, ma non ci riuscì. I suoi occhi color ghiaccio si sciolsero. Non piangeva per il rifiuto, non piangeva perché lei non ricambiava quel dannato amore. Era disperato, disperato perché nonostante lei lo avesse rifiutato, lui si era innamorato di nuovo. Non riusciva a smettere.

«Tranquilla, è colpa mia. Dovevo capirlo che non eri pronta dopo tutto quello che ti è successo. Posso aspettarti.»

Lei raggelò a quelle parole. Aveva detto che l'avrebbe aspettata. Lui, quello a cui non piace aspettare. L'avrebbe fatto per lei. Capì che Ben provava qualcosa di veramente importante. Si sentiva estasiata ma allo stesso tempo si vedeva crollare il mondo addosso. Qualsiasi cosa lei avesse detto o fatto sarebbe stato come strappargli il cuore dal petto.

«Non è per questo. Nel mio cuore sento che c'è già qualcuno.»

«Mi hai mentito. Perché? Mi hai detto che non c'era nessuno nella tua vita.»

«No, non ti ho mentito! È così. Non c'è nessuno, nessuno di cui mi ricordi. Ma lo sento, lo sento nel cuore che qualcuno mi ama.»

«Io ti amo.»

Era il primo ti amo che le venisse detto, il primo da quando si era risvegliata. Se lo sentiva che prima di quel ti amo ce n'erano stati altri ma qualcosa la spinse ad avvicinarsi, a prendere il volto di lui fra le mani. Gli asciugò le lacrime, piano, con i palmi, con la guancia, con le labbra. Lo baciò senza sapere per quale motivo. Lo baciò, anche se dentro sentiva che stava sbagliando. Ora era lei a piangere, ma lui non se ne accorse, troppo infuocato dall'amore. Scesero lente sulle sue guance quelle strazianti lacrime, andando a morire sul divano sottostante, quel divano dove poco dopo fecero l'amore. Lui le sfilò piano la maglietta e cominciò a sfiorarle con le labbra la pelle morbida e rosea. La baciava ardentemente, con passione, con rabbia. E mentre lui la denudava, lei si sentiva sfilare l'anima. Ben gettò a terra la maglietta, fissò a lungo i suoi occhi e posò delicatamente il suo peso su di lei. Molto lentamente diventarono un tutt'uno, un solo corpo. Fecero l'amore, prima piano, in silenzio, poi un po' più forte, un po' più "a farsi male". E mentre lui vagava tra felicità e piacere, Aiyana spalancò gli occhi, guardò fisso quelli di Ben e sussurrò piano: «Selene.»

Richiuse le palpebre e sentì dentro di sé una strana voglia di scappare. Spostò con forza il corpo di lui, si alzò di scatto e urlò: «Lasciami! Devo andare da lei, devo trovarla! Mi dispiace, ma io non ti amo, non posso amarti! Perdonami e dimenticati di me.»

Piangeva. Sapeva di aver spezzato il cuore a chi le era stato vicino per tutti quei mesi, senza mai abbandonarla.

«Non puoi farmi così male, non puoi farlo. Ti amo Aiyana, ti amo.»

«No, non devi!»

Il cuore di lui si annerì, i suoi occhi si riempirono di rabbia e dolore.

«Come puoi dirmi che non devo amarti! Spiegami come posso!»

Riusciva ad amarla anche ora che la sua anima lo implorava di odiarla, di lasciarla andare, di uccidere quel dannato sentimento.

«Devo andarmene! È stato tutto uno sbaglio, dimenticati di me.»

«Ti amo. Non smetterò mai di cercarti.»

Aiyana prese le chiavi della macchina e si lasciò tutto alle spalle. Ben, le sue parole, il suo amore, tutto il dolore che si sentiva dentro e che aveva causato a quel povero ragazzo. L'unica cosa che aveva per la mente ora era lei. Doveva trovarla, doveva seguire quel richiamo, saziare il suo animo. Doveva incontrarla, chiederle chi fosse davvero.

# CAPITOLO 5:

## RITROVARSI

Aiyana, seduta sul ciglio della strada, si teneva la testa tra le mani con rabbia, come a volersi strappare i capelli per estirpare quella valanga di pensieri che le invadevano la mente. L'asfalto gelido sotto i blue jeans non sembrava interessarla. Era corsa via da casa di Ben senza neanche essersi rivestita del tutto. Teneva stretta in una mano la giacca a vento, nell'altra la scarpa destra che nella fretta non era riuscita a infilarsi. Sconvolta, col vento a muoverle i capelli come una dolce carezza, era uscita alla ricerca di qualcosa che sentiva suo, ma già non sapeva più dove andare. Smarrita, in un oceano di paura si rese conto che l'unica cosa da fare era tornare da sua nonna e chiederle di aiutarla a ricomporre i pezzi del suo passato.

I grandi alberi ai lati della strada le sfrecciavano accanto veloci mentre guidava, scene di un film lontano e dimenticato a cui non prestava la minima attenzione. L'unica cosa che le importava in quel momento era fare chiarezza dentro di lei.

«Nonna, devi aiutarmi a fare una cosa.»

«Cosa?»

«Ehm… un indizio.»

«Un indizio?»

«Qualcosa, qualsiasi cosa che mi possa aiutare a scoprire chi mi ha portato quel biglietto mentre ero in ospedale.»

«Perché?»

«Devo trovarla. Devo trovare quella persona, sento che se non lo farò me ne pentirò per il resto della mia vita.»

Karla capì che non c'erano più parole da dire e si incamminò verso la camera dove dormiva sua nipote. Aiyana la seguì in silenzio. Iniziarono a frugare nei cassetti, dentro gli armadi, ovunque. Non trovarono niente, fino a quando ad Aiyana non venne in mente di guardare dentro le tasche dei suoi giubbotti appesi dietro la porta. La speranza sembrava aver ormai abbandonato le due donne, quando finalmente, nella tasca di un vecchio giubbino arancione, Karla trovò una piccola tartaruga celeste.

«Aiyana, guarda cos'ho trovato.»

«Cosa?»

«Un mazzo di chiavi, attaccata c'è questa tartaruga.»

«Fammi vedere.»

Aiyana prese il mazzo di chiavi tra le mani e restò a guardarlo. Delle strane sensazioni avevano iniziato a fare capolino dentro di lei. Toccò la piccola tartaruga di stoffa e la fece scivolare sotto i polpastrelli, poi chiuse gli occhi, nella speranza che quel gesto potesse aiutarla a ricordare. Si lasciò completamente andare, nell'illusione che un ricordo potesse aggrapparsi ai fili della sua memoria e poi tornare a galla, per darle delle risposte. Nella sua testa passavano veloci delle immagini sfocate che non riusciva a fermare, nessuna aveva un aspetto familiare, tutte erano fuggevoli, fumo che scompariva all'orizzonte. Poi qualcosa successe, perché a volte nella vita capitano fatti improvvisi che stravolgono ogni cosa. Mentre Aiyana passava i polpastrelli sul portachiavi sentì qualcosa di ruvido al tatto, proprio sotto la pancia dell'animaletto celeste. Aprì gli occhi per capire cosa fosse: era una targhetta.

«Cloquet, 0926.»

Aiyana lesse ad alta voce quello che c'era scritto senza staccare lo sguardo da quelle chiavi che teneva in mano.

«È un indirizzo.»

Karla si intromise tra Aiyana e i suoi pensieri, spezzando il rumore assordante del silenzio che si era insinuato nella testa della ragazza.

«Cosa apriranno queste chiavi? Dove porta questo indirizzo?»

«Non ne sono sicura, ma credo siano le chiavi della casa di una tua cara amica.»

«Come si chiama?»

«Selene.»

Al suono di quel nome Aiyana sentì una stretta nello stomaco. Ancora quel nome. Un senso di nausea aveva iniziato a farsi vivo dentro di lei, facendola impallidire. Si portò una mano allo stomaco come per proteggersi da quel dolore. La nonna le fece una carezza sul viso, teneramente, poi la invitò a sedersi sul ciglio del letto.

«Va tutto bene?»

«Non lo so, ho sentito qualcosa smuoversi dentro quando hai detto il suo nome. Io non so chi sia, ma sento che voglio andare da lei. Sento che è proprio l'indizio che cercavo.»

«Perché dici questo?»

«Le rose, quel bigliettino misterioso firmato con una S., queste chiavi e ora tu che mi dici questo nome, l'unico che mi sono ricordata da quando mi sono risvegliata. Mi era tornato in mente anche prima, mentre ero con Ben.»

«Credi che sia stata lei a darti quel biglietto?»

«È quello che voglio scoprire.»

Aiyana rimase seduta con lo sguardo perso nel vuoto, pensava. Iniziava a chiedersi perché quel nome le facesse quell'effetto. Iniziava a chiedersi per quale motivo questa Selene non fosse mai andata a trovarla, ma le avesse lasciato solo un biglietto misterioso e delle rose.

«Perché non è mai venuta a trovarmi?»

Karla abbassò lo sguardo e cercò dentro di lei tutto il coraggio che le serviva per riuscire a dire, finalmente, la verità a sua nipote.

«Devo dirti una cosa importante.»

«Dimmi, nonna.»

«Tu e questa ragazza eravate molto legate, non riuscivi proprio a stare senza di lei. Ci sono state volte in cui ho creduto che tra voi ci fosse qualcosa.»

«Qualcosa?»

«Che vi amavate.»

«Ma è una ragazza…»

«Anch'io lo pensavo, e perdonami per questo, se non sono venuta a parlartene prima… Ma ora, che ti stavo per perdere, ho capito che l'amore è tutto quello che conta.»

«Sono molto confusa…»

«Va da lei.»

«Sì, ma perché allora non è mai venuta a trovarmi?»

«Forse aveva paura che io o tuo padre potessimo scoprire la vostra relazione. Ma se è stata davvero lei a darti le rose e quel biglietto, non ti ha lasciata sola. C'è stata, anche se da lontano.»

«Dici che devo andare da lei?»

«Dico che devi proprio farlo.»

«Ho paura…»

«È normale avere paura, ma questo è l'unico sentimento che ci fa capire quando teniamo molto a qualcuno.»


Il sole, che aveva preso il posto delle nuvole, scendeva piano oltre l'orizzonte, tingendo il cielo di un arancione forte e brillante, in quella giornata di fine maggio in cui Aiyana decise di dare una svolta alla sua vita.

Aiyana aveva preso la macchina e si stava dirigendo ad alta velocità verso quell'indirizzo, in quella casa dove sapeva che l'avrebbe incontrata. Aveva fretta di arrivare, sentiva di essere stata troppo tempo distante da quel cuore che tanto le infuocava l'animo. Attraversò il vecchio ponte azzurro che collega Superior Street a Cloquet Road, rallentò e cominciò a scrutare le case, mentre il suo cuore accelerò improvvisamente i battiti. Era vicino, la stava chiamando, la stava cercando. Il suo sguardo si posò su un'immensa distesa di rose rosse. Fermò la macchina, incuriosita dalla meraviglia di quel giardino splendidamente curato e in fiore, e si avvicinò per leggere il numero civico, 0926, scritto su una mattonella celeste incastonata nel muro di mattoni. Era rimasta ferma, come se il suo corpo si fosse congelato. Scosse la testa per tornare alla realtà e alzò lo sguardo. Non avrebbe mai immaginato che quella casa potesse essere così bella, così penetrante. Scese dalla macchina e cominciò ad attraversare il viale di rose. Un profumo intenso di fiori le era arrivato dritto alle narici e l'aveva fatta bloccare di colpo. Inspirò a pieni polmoni e chiuse gli occhi, rimanendo estasiata dalla meraviglia di quel che sentiva. Il giardino era di un verde vivo e intenso, con qualche fiore selvatico lasciato fiorire qua e là. Aiyana spostò lo sguardo verso destra, rapita nei pensieri da un cespuglio di rose che, a differenza di tutte le altre, avevano un colore particolare, un rosso più intenso. Percorse il lungo viale che conduceva al portone di ingresso e poi si fermò. Il cuore aveva cominciato a martellare, a battere sul petto, a farle male. Si chiedeva se avesse dovuto bussare o semplicemente aprire con le sue chiavi. Ci pensò un po', poi si voltò di nuovo a guardare le rose. *Rose... Sally... ti amo*, pensò. Un brivido di paura si era impossessato del suo corpo, era partito dalla nuca ed era sceso andando a morire alla fine della schiena. Prese le chiavi dalla sua borsa e aprì quella piccola porta nera che aveva davanti a sé. Un'ondata di paura ed eccitazione l'avevano investita. Una miriade di ricordi le stava solleticando la mente, ma non riuscivano ad aggrapparsi alla sua memoria. Non riusciva a ricordare. Fece qualche passo, molto lentamente e il suo cuore morì per un istante. Poi riprese a battere lento, un po' più forte, velocissimo, all'impazzata. Osservava le pareti del piccolo corridoio dipinte di un azzurro tenue, con qua e là qualche spruzzo di bianco, come a voler ricordare le nuvole. Arrivata alla fine del corridoio, proprio oltre la soglia della porta che dava sulla cucina, si ritrovò davanti un'enorme palla di pelo bianca con gli occhioni verdi. Il micione la osservò a lungo, poi miagolò e le andò incontro, strusciandosi sui suoi pantaloni affettuosamente.

«Philippe!» disse Aiyana prendendo in braccio il gattone bianco.

Ora era lei a carezzarlo dolcemente. Lo aveva chiamato per nome, aveva riconosciuto il gatto, lo aveva ricordato. Ma non se ne era resa conto, non si era accorta che i suoi ricordi cominciavano a riaffiorare nella mente. Non fece in tempo a realizzare quel che stava accadendo, che un brivido fortissimo e molto intenso le percorse il corpo e la lasciò senza respiro.

«Se... Sele... Selene.»

Fissava i suoi occhi intensamente. Quel verde era così penetrante. Spostò lo sguardo sui suoi lunghissimi capelli rossi, che le scivolavano sulle spalle lievemente scoperte, lasciando intravedere la sua pelle troppo chiara.

Piansero entrambe.

«Oh, cazzo, Aiyana, ma sei davvero tu? Oh Aiyana... Aiyana...»

Il respiro di Aiyana non era tornato ancora regolare. I suoi occhi non riuscivano a capire bene cosa avessero davanti. Il suo cuore palpitava, saltava, le usciva dal petto, danzava, cantava e piangeva dalla commozione. Si era ritrovata davanti quel corpo che conteneva quel cuore che la chiamava. Finalmente poteva vederla e finalmente poteva soddisfare quella sete di lei. Ora non le importava di ricordare, si sentiva felice.

«Mi sei mancata così tanto.»

Aiyana pronunciò istintivamente quelle parole. Parlò il suo cuore, la sua anima, mentre lei vagava in cerca di quei ricordi che aveva perduto.

«Se ti sono mancata così tanto, perché sei venuta solo ora qui? Perché non mi hai chiamata per dirmi che eri uscita dall'ospedale?»

Selene piangeva e i suoi occhi verdi brillavano di una luce strana. Rabbia, probabilmente.

«Nei mesi in cui sei stata in coma sono venuta a trovarti, cercando sempre di essere molto discreta. Quando ho saputo che ti eri risvegliata mi sono precipitata da te, ma quello che ho visto mi ha distrutto.»

«Cosa?»

«Tu eri nel giardino dell'ospedale e stavi passeggiando con un infermiere. Ti ho vista e ho iniziato a sorriderti. Mi aspettavo lo facessi anche tu, mi aspettavo mi corressi incontro per dirmi che ti ero mancata. Sei passata, mentre ridevi con quel ragazzo, come se io non esistessi. Ti sei già dimenticata di me?»

Il viso pallido e bianco di Sally si stava tingendo di rosso sopra gli zigomi. Tremava per quanto stava urlando.

«Lasciami spiegare, dammi tempo per raccontarti tutto, per favore...»

Aiyana allungò le sue mani tremolanti verso quelle di lei. Si sfiorarono i palmi, la pelle, si unirono, si amarono.

«Mi sono risvegliata dal coma da un mese. E da quel giorno ho passato l'inferno. Io non ricordo nulla, Selene. Non ricordo nemmeno chi sei. Ma sento un fuoco dentro che mi brucia l'anima, ora che ti ho qui davanti.»

«Non puoi aver perso ogni ricordo di noi, non puoi...»

«Noi...»

Aiyana ripeté piano quelle parole. La sua testa era esplosa, il suo cuore era morto. Piangeva nuovamente. Non c'era nulla dentro di lei che le ricordasse quel *noi*, che le facesse capire cosa volesse intendere Selene con *noi*.

«Noi. Tu e io. Noi Aiyana, noi.»

«Non riesco a ricordare nulla, ho paura...»

Il pianto la stava facendo annegare in se stessa. Selene le prese il viso fra le mani pallide e delicate. La guardò a fondo nei suoi occhioni scuri. Respirò profondamente, chiuse gli occhi per alcuni secondi, il tempo di trovare dentro di sé tutta la forza di cui avesse bisogno, poi parlò piano, con quella sua voce bianca e delicata.

«Mi sei mancata così tanto, amore mio. Sarà difficile, ma noi ce la faremo, come sempre.»

«Non capisco...»

«Capirai molto presto. Ti aiuterò a far tornare tutti i tuoi ricordi, tutti i nostri ricordi. Sei pronta a ricominciare?»

«Sono pronta, Sally.»

«Amo quando mi chiami così, amore.»

«Sally.»

Ora era Selene ad aver allungato le sue mani pallide verso quelle di Aiyana, che ancora non avevano smesso di tremare. Le stringeva forte, ma senza farle male. Le stringeva perché voleva far trapassare tutto l'amore che provava per lei attraverso la sua pelle, farlo arrivare dritto al suo cuore tramite le sue vene.

«Il tatuaggio. Aiyana, guarda il tatuaggio sul mio polso!»

Aiyana tirò delicatamente la mano di Selene verso di sé e la girò per vedere il tatuaggio.

Quell'inchiostro nero, su quella pelle così delicata, era accecante. Una parola in grassetto: *mniwaka*. Non capiva cosa significasse, cercava di trovare un collegamento con quello che aveva sul suo polso. Stessi caratteri, stessa lingua: *mahpiya* e *mniwaka*.

«Il nostro tatuaggio! Lo abbiamo fatto insieme il giorno del tuo diciottesimo compleanno.»

Aiyana girò la mano e mise il suo polso vicino a quello di lei. La sua pelle così vicina a quella di Selene.

Tremava. Aveva una strana voglia dentro, uno strano desiderio. Ma le fece paura e lo uccise.

«Te lo ricordi allora? Lo abbiamo fatto insieme. Mi hai proposto tu di farlo e io ricordo di aver detto subito sì.»

«Nella mia mente c'è il vuoto, Selene...»

Le prese la mano, con premurosa delicatezza e la invitò a seguirla. Le parole non servivano e Selene se ne era accorta. L'amore si era finalmente ritrovato, il resto non contava, non esisteva.

Aiyana la seguì, come un non vedente segue il suo cane, come una foglia segue il suo ramo, come un uragano segue la sua tempesta.

# Capitolo 6:
## L'agone

La luna sullo sfondo, rannicchiata in un angolino del cielo, lasciava spazio alla notte. La città sembrava dispersa nei sogni più fantasiosi. E come solo gli osservatori più attenti sanno, a notte fonda restano sveglie solo le anime più tortuose e disperate. Aiyana e Selene si tenevano impetuosamente la mano mentre attraversavano il giardino. Aiyana non aveva idea di dove stessero andando, ma non le importava: qualsiasi posto andava bene accanto a lei. Rallentò il passo e fece come per lasciarle la mano.

«Perché mi stai fissando come se fossi un nano da giardino?» ridacchiò Selene.

«A me sembri più Biancaneve», sorrise Aiyana timidamente, arrossendo sugli zigomi.

«Sei bella come solo Dio sa, quando arrossisci.»

Il viso di Aiyana era completamente rosso dall'imbarazzo, infuocato dalla passione, sorridente dalla gioia. Sentì una voglia sfrenata di tirare a sé Selene, di stringerla. E questa volta non cercò di reprimere i sentimenti, si lasciò andare. Afferrò la sua mano, sorridendole e invitandola ad avvicinarsi la tirò verso di sé. Si ritrovarono a un respiro l'una dall'altra. Le braccia di Aiyana avvolgevano completamente il corpo di Selene. Si guardarono fisse negli occhi, in quel groviglio di emozioni. Si cercarono le labbra avvicinandosi piano, sempre di più. Selene respirò a fondo. Aiyana fissò ancora per qualche istante la sua bocca, sentiva il respiro caldo di Selene solleticarle il viso. Si avvicinò e seguì lentamente con le labbra i contorni di quelle di lei, come un bambino segue attentamente con la matita i contorni da colorare.

«Aiyana! Dove sei! Aiyana!»

Le due ragazze aprirono bruscamente gli occhi e i loro sguardi si unirono in un'esplosione di imbarazzo. Aiyana si voltò velocemente, un po' per scacciare via quella sensazione di disagio, un po' perché allarmata da quella voce che in lontananza la chiamava.

Si girarono entrambe a fissare i fari di una macchina illuminare il marciapiede dinanzi a loro e scorsero un'ombra avvicinarsi al cancello. Selene fece un passo avanti e stringendo per la maglia Aiyana, si pose davanti a lei come per proteggerla. Una sagoma barcollante si era posta proprio davanti al cancello e muovendo la testa con affanno, gridava sino a perdere il respiro.

«So che sei qui, vieni fuori!»

Ad Aiyana si gelò il sangue. Era Ben che l'aveva seguita, era Ben che le stava per mandare in frantumi i sogni e l'amore.

«Ben! Cosa ci fai qui? Ti avevo detto che dovevi dimenticarti di me.» La sua voce stracolma di paura usciva a fatica dalle sue labbra.

«Sono venuto a prenderti.»

«Vattene Ben. Ti prego vattene via.»

«Come puoi dirmi di andarmene dopo quello che è successo tra noi!»

Ben stava urlando con tutte le sue forze, con tutta la sua rabbia, con tutto quell'amore che gli stava facendo a pezzi il cuore. Urlava così tanto che Aiyana, spaventata, strinse la mano di Selene e la portò al petto. Selene, con lo sguardo perso, fissava Ben al di fuori del cancello. Voleva dire qualcosa, voleva urlare, scappare via, voleva non aver compreso. Dal suo viso cereo scesero frantumi della sua anima. Quelle che comunemente vengono definite "lacrime". Ma quelle, quelle non lo erano, perché agli innamorati, quando si sentono strappare il cuore dalla persona amata, scendono pezzi di anima in frantumi. Aiyana la fissava e mentre pensava di non aver mai visto qualcosa di più bello del suo viso, si rese conto di aver distrutto il grande amore della sua vita.

«Mi hai tradita...» disse Selene, passando la lingua sulle labbra bagnate dalle lacrime.

«Sono mesi che non vivo per quanto sento la tua mancanza e tu... tu mi hai tradita.»

Selene piangeva fino a sentirsi mancare l'aria nei polmoni. Aiyana la guardava, piangendo. Avrebbe voluto strapparsi il cuore dal petto e porgerlo dinanzi ai suoi occhi.

«Perd... Perdonami ti prego.»

«Vattene!»

«Aspetta Selene, lasciami spiegare!»

«Esci, Aiyana.»

La rabbia aveva prevalso sull'amore e a testa bassa e con il cuore infranto, ad Aiyana non restava che andarsene. Perché non c'è rabbia più vera e pericolosa di quella degli innamorati che si sentono traditi. Degli innamorati che si sentono innamorati pazzi e si ritrovano morti e a pezzi. Contava i suoi passi mentre si avviava verso il cancello, sperando non fossero troppi quelli che la allontanavano da quell'amore impossibile da non vivere.

«Quarantasette.»

Ferma dinanzi l'uscita, attendeva invano che la mano di Selene la trascinasse via da quel doloroso addio.

«Quarantasette cosa?» la voce di Selene come neve tempestosa nelle vene.

«Passi.»

«Stai delirando, smettila.»

«Un infinito che mi separa da te, Sally.»

Selene entrò in casa e si chiuse la porta alle spalle. Aiyana spostò la sua attenzione su Ben, cercandolo nel buio, con lo sguardo carico di rabbia.

«Vattene Ben, hai rovinato tutto, vattene via!»

«E tu hai distrutto il mio cuore! Cosa pretendi? Vuoi che io me ne vada così, che ti lasci andare come se niente fosse?»

«Ben, per favore… mi dispiace, non era mia intenzione.»

«Ti dispiace un cazzo, io non me ne vado.»

«Non ti amo! Vattene!»

«Ti ho detto che io rimango qui.»

Ben, rosso in volto per la rabbia e la disperazione, si avvicinò ad Aiyana nella speranza di poterla abbracciare. Agli innamorati non importa se qualcuno sta cercando di dirgli che quell'amore è sbagliato. Ci provano fino a quando riescono a resistere alla ragione contrastandola col sentimento.

«Adesso basta, vattene!»

Aiyana spinse Ben in avanti, cercando di evitare il suo abbraccio e di fargli capire che doveva proprio andarsene. Lui rimase per un po' a guardarla, con la bocca arricciata all'ingiù che tremava e non poteva fermarsi. Era un vinto, sconfitto dalla vita e dall'amore. Senza dire una sola parola, se ne andò. Aveva capito, troppo tardi, che il suo amore era nulla messo a confronto con quello che legava le due ragazze. Si era voltato, sconfitto in quell'agone, e aveva ripercorso silenzioso i passi che l'avevano condotto dalla sua amata.

Aiyana aveva freddo, voleva tornare a casa. Prese le chiavi della macchina, guidò nella notte con le luci a intermittenza dei lampioni che le passavano veloci sul viso. Si fermò, scese, girò la chiave nella porta, mise un piede dentro, lentamente, poi fece lo stesso con l'altro, chiuse la porta dietro di sé, si accasciò e pianse. Nessun posto era più casa se non fra le braccia di Selene.

# Capitolo 7:

## Notte e tempesta

L'orologio in fondo alla stanza segnava le tre e quarantasette. Aiyana lo intravedeva appena, accovacciata nel corridoio con gli occhi socchiusi e gonfi per il pianto.

«Quarantasette. Un infinito che mi separa da te, Sally.»

Si era addormentata lì, fra singhiozzi silenziosi e frastornanti pensieri. E ora si era svegliata e con lei quel tormentoso dolore che la soffocava. Cercò di rimettere assieme i pezzi, di realizzare dove si trovasse. Sentiva solo un fortissimo male al petto, come se le avessero strappato un pezzo di cuore e l'avessero lasciata morente e sanguinante. Si sentiva confusa, scossa, come in balìa dei postumi di una pesante sbornia. Si alzò, raggiunse barcollante il bagno, accese la luce e si mise davanti allo specchio a guardare il riflesso di chi aveva perso tutto, di nuovo, un attimo dopo averlo ritrovato. Scosse la testa, si sfiorò il viso, sentendo la sua pelle baciare la sua stessa pelle. Lasciò cadere lenti i suoi vestiti, come un petalo che piano abbandona il suo fiore. Continuava a fissare quel volto allo specchio, mentre una miriade di pensieri le trapassavano la mente. Era completamente nuda. Dal momento in cui Selene le aveva gridato di andarsene, lei era rimasta nuda. E fragile. E *sola.*

E ora lo era di nuovo.

Nuda.

E fragile.

E *sola.*

Passò la mano sulla sua pelle fragile. Passò le dita sul suo volto, piano.

Poi scese sul mento, piano.

Sul collo, spingendo un po'.

Sui suoi seni, piantando le unghie nella carne, sperando di veder fiorire nuova vita, fino a farsi male. La stanza intorno a lei sparì e si sentì affogare in un mare di disperazione. Sgranò gli occhi e cercò di non guardarci dentro. Un ricordo era sbocciato fra tutti quei pensieri confusi: si ricordò che lei amava la poesia.

Si ricordò, e quasi poté toccarlo quel ricordo per quanto fosse nitido: scriveva poesie e quelle poesie erano tutte per Sally.

Respirò forte e a pieni polmoni, come fosse appena tornata in superficie, naufraga delle acque più malsane. Portò una mano al ventre e si piegò su se stessa. Continuava a respirare forte, velocemente. Stringeva la sua pelle fra le mani.

Si ricordò, e le costò caro questa volta ricordare, una poesia che aveva scritto proprio per lei.

Prese una lametta e scrisse sul fondo della vasca la poesia, in rosso. Come i bambini che scrivono col polpastrello sul vetro appannato, Aiyana scrisse sul marmo bianco, col sangue, parole che avrebbe voluto gridare al mondo.

Sotto questa pioggia
Che lieve bagna il mio amore
Mi lascio
Come corpo morto
In preda alle intemperie
In attesa di un tuo bacio.

«È pronta la colazione, Aiyana!»

Distesa sul letto, con le lenzuola bianche con i ricami blu, Aiyana sembrava avvolta da una strana quiete. Dormiva, girata su un fianco, con una mano poggiata sugli zigomi. Sul suo corpo si vedevano i segni di tutta la disperazione in cui era scivolata la notte prima. Il suo volto, distrutto, era apparentemente calmo. Aiyana non voleva svegliarsi.

Durante la notte un tormento soffocante le era stato alle calcagna, le pesava come un macigno sui polmoni. Si era girata e rigirata nel letto per ore, con la speranza illusoria che affiora nella testa di tutte le povere anime corrose dal pianto, di potersi salvare solo non essendo più lì: addormentandosi. Un sonno pesante l'aveva colta all'improvviso, accompagnandola fino al mattino. La voce calda e dolce della nonna le era passata nella testa veloce come l'elettricità in un filo elettrico. Aveva paura ad aprire gli occhi e di restare folgorata dalla potenza di quel dannato dolore. Alzò languidamente le palpebre e subito si portò le mani sulle orecchie a proteggersi dal mondo. Si mise seduta con le spalle al muro e si passò freneticamente le mani fra i capelli, come a voler cancellare dalla sua mente quanto successo nelle ore precedenti. Poi si arrese alla vita, sprofondando con la testa tra le ginocchia. I suoi tormenti non l'avevano lasciata andare.

Si sentì chiamare ancora e ancora da quella voce che non sapeva, eppure sembrava capire già.

«Ti ho preparato la crostata di amarene, quella che ti piace tanto! Scendi a fare colazione», disse Karla.

Aiyana scese al piano di sotto, i suoi passi erano vuoti e persi, i suoi occhi gonfi e pesti, la sua anima era rimasta a implorare a Selene di amarla ancora.

«Eccoti finalmente! Siediti, ti ho preparato l'infuso al gelsomino.»

«Grazie, nonna», rispose freddamente.

«Avanti, assaggia un pezzo di crostata! Devi recuperare le energie perse!»

«Non ho fame.»

Sul volto della nonna era stampato un sorriso. Era preoccupata, ma sapeva benissimo che mostrare la sua agitazione e comportarsi in modo diverso dal solito non sarebbe servito a niente. Con tutta la calma del mondo, provava a scavare nella carne per baciarle con le sue labbra il cuore.

Aiyana si sedette al tavolo, il volto immobile e privo d'espressione. Fissava un punto all'orizzonte senza guardare niente. Dentro di lei vi era un mare in tempesta impossibile da domare. Un odore strano, acre, entrò di sfuggita nelle sue narici e catturò la sua attenzione. Inspirò a fondo per cercare di capire meglio cosa fosse quell'odore particolare. Era intenso e andava dritto nei polmoni. Guardò sul tavolo e vide un posacenere stracolmo di cicche a metà. Aiyana si mise a ispezionarle, incuriosita. Sembrava che i filtri, che fuoriuscivano dalla bocca del posacenere, fossero stati tenuti tra dita forti, forse quelle di un uomo. Chissà chi era stato a lasciare che la vita gli si consumasse in fretta tra l'indice e il medio, una sigaretta dopo l'altra. Sua nonna non fumava e per questo Aiyana iniziava a essere sempre più curiosa. Poco distante dal posacenere, la ragazza vide una tazzina di caffè mezza vuota e un piatto con dentro una fetta di crostata che era stata morsa. Le era ormai chiaro che qualcuno fosse venuto a trovare sua nonna mentre lei dormiva.

«Hai avuto visite?»

Karla, alla domanda di Aiyana, sobbalzò dalla sedia, come se qualcosa l'avesse colpita all'improvviso.

«Ehm… no. Perché?»

«Ci sono tutte quelle cicche, tu non fumi.»

«Ah, sì! È passato un mio vecchio amico a trovarmi, ma è stato poco.»

Aiyana prese una delle cicche dal posacenere, facendola girare tra pollice e medio. Poi continuò a parlare, assumendo in volto un'espressione infastidita.

«Doveva essere molto nervoso, il tuo amico, visto come ha ridotto queste sigarette.»

«Ma no, andava solo di fretta!»

«Non deve aver gradito nemmeno la tua crostata, gli ha dato solo un morso.»

Karla era visibilmente scossa, turbata da qualcosa. Cercò di sviare il discorso.

«E a te invece piace la mia fantastica crostata?»

«Non ho fame, nonna.»

«È successo qualcosa che dovrei sapere con Selene?»

«Non vuole più vedermi, l'ho tradita con Ben e ora mi odia.»

«Perché non torni da lei per chiarire?»

«Perché dovrei?»

«Perché la ami.»

«Non la amo.»

«Smettila di mentire.»

«Non sto mentendo.»

«Stai piangendo, e questo vale più di qualsiasi altra parola.»


Un'ora dopo Aiyana si trovava a percorrere nuovamente quella strada con l'accecante voglia di sentirsi completa, al fianco di quel cuore che tanto la chiamava. Ma stavolta, su quella strada, di battiti non ne sentiva. E il mondo attorno, le vie, gli alberi e lei stessa sembravano un vuoto eterno, una fredda mattinata che neppure quel dannato e abbagliante sole riusciva a scaldare. Aiyana non sentiva, non voleva sentire, non trovava neanche più senso al cielo, al mare, alle stelle. Era un continuo ricordare e perdere, rigurgitare, frantumarsi, spaccarsi e cadere a picco come una stella condannata. L'aveva persa, ancora e forse questa volta per sempre. Attraversò il vecchio ponte azzurro. Ora riconosceva la casa e il colore delle mura. Sapeva di che colore erano le rose che ricoprivano il giardino, il colore degli occhi del gatto, il colore degli occhi di Selene. Qualcuno dei suoi nervi facciali balzò qua e là per l'eccitazione, per la paura, e le fece stampare meccanicamente sul viso una smorfia tremolante, quella che compare sul volto di chi ha un coltello puntato alla gola. Nessun coltello, nessun rumore, nessun passante. Il mondo era fermo, spento. O almeno così appare a chi crede di aver perso l'amore.

Scese dalla macchina, con tutta la calma di chi crede di poter realizzare ogni suo sogno senza avere fretta. Guardò verso la casa, posò lo sguardo sul viale ricoperto di rose, sentì il suo cuore frantumarsi come chi si frantuma rendendosi conto che i sogni nella vita non si realizzano mai. In apnea, come un subacqueo che sott'acqua bacia ardentemente quella donna che in superficie non potrà amare mai, citofonò.

Niente.

Ancora in apnea, con le guance che si tingevano per lo sforzo, come un subacqueo che sott'acqua sfiora i seni alla sua bella e muore, la chiamò.

Si sentì solleticare le corde vocali e riempire i polmoni, e svuotare il cuore. Le parole le scesero giù per lo stomaco, si incastrarono in gola e poi caddero pesantemente infrangendosi nel vuoto di una puerile speranza.

«Sally...»

«Dai Sally...»

«Dai Sally, esci...»

«Dai Sally, esci di casa...»

Sarebbe potuta andare avanti per ore, giorni, anni. Cos'è il tempo per chi non ha più niente da perdere?

«Dai Sally esci di casa che io ti amo e la mia vita non ha senso senza di te che sei il mio raggio di sole al mattino e il mio spicchio di luna la sera e che poi il cielo è azzurro e i tuoi occhi verdi e io eppure ci vedo il mare e a volte ci riesco anche a nuotare»

Così, con la semplicità di un bambino, sbagliando i verbi e dimenticando le pause, Aiyana pronunciò quelle parole confuse. Ma non si sentiva confusa. L'amava. L'aveva detto e l'aveva ammesso al suo cuore. L'amava e voleva amarla ancora, se solo fosse

uscita da quella dannata porta nera, su quel maledetto viale di rose troppo rosse per la sua pelle
troppo bianca.

Ancora niente, silenzio e disperazione. Selene
non era in casa e Aiyana si sedette nuovamente sul
ciglio della strada, come un leone da circo che sa di
dover saltare nel fuoco ancora e ancora.

«Forse il mio destino mi sta facendo capire che
devo starti lontana. Solo gli sciocchi si lasciano in balìa del destino. Gli innamorati sono tutti sciocchi,
percorrono chilometri per vedersi, arrivano sotto
casa e non c'è nessuno. Non bastava chiamarsi? In
amore non basta mai niente. L'unica cosa che sento
non mi basterà mai sono i suoi occhi che si sciolgono
nei miei.»

Aiyana, alla fine di un imbarazzante e folle soliloquio, rimase in silenzio per qualche ora, seduta lì,
ove tutto aveva avuto inizio e tutto sembrava stesse
per finire.

Si addormentò e nel suo animo si sentì stranamente tranquilla. Si sentiva a casa.

Una tranquillità effimera e non duratura. Aiyana
dovette tornare nel mondo reale, quello in cui se soffri non basta immaginare un arcobaleno. Il telefono,
che portava nella tasca dei pantaloni blu, cominciò a
vibrare.

«Pronto?» La voce impastata dal sonno e dal pianto si dimenava per filtrare dall'altra parte del telefono.

«Aiyana, sono la nonna. Dove sei?»

«Ehm, io, ecco...»

«Non importa. Torna a casa, dobbiamo parlare.»

Aiyana trasalì, sentì il sangue ribollire e poi gelarsi d'improvviso. Non disse niente, lasciò che il telefono le scivolasse dalla mano e si mise al volante, inconsciamente. Non si rese neanche conto di essersi lasciata alle spalle la casa, di aver percorso nuovamente il vecchio ponte azzurro che collega Cloquet a Superior Street. In un battito di cuore era arrivata da sua nonna.

«Eccomi! Ho fatto più in fretta che potevo. Non ti senti bene, nonna?»

«Aiyana, siediti un attimo qui.»

Aiyana si sedette, senza dire una parola. La nonna aveva un'espressione turbata, a tratti affranta.

«Ben ha avuto un incidente questa notte.»

La nonna non disse altro, abbassò semplicemente la testa e lasciò posto al silenzio. Aiyana cercò invano di sfiorare il suo sguardo. Vuoto assordante, ancora. Interminabili secondi che sembravano durare una vita e in cui si crede di non uscirne vivi. Socchiuse gli occhi, deglutì e sentì scendere la saliva e risalire la bile, che acida e imponente sembrava volesse mandarla a fuoco dall'interno. Quel sapore dolciastro che prende la vita quando un attimo si è felici e l'attimo dopo ci si ritrova a ruzzolare giù nell'oblio della disperazione. Quella disperazione che esplose dentro di lei come una supernova a creare buchi neri incontrollabili di dolore.

«Non è possibile, non è vero!»

Aiyana gridava, rossa in volto, con una vena violacea che le si era gonfiata proprio sotto il collo. Si mise le mani sulla testa e chiuse gli occhi, stringendoli come a voler cancellare il mondo. Distese tremolante una mano in avanti, muovendo le dita affusolate nel vuoto, come se volesse catturare qualcosa.

«Non può essere morto, dimmi che non è vero!»

La disperazione aveva ormai preso il sopravvento e ad Aiyana non era rimasto che abbandonarsi a essa. Cadde sulle ginocchia, il volto coperto dalle mani per nascondere le lacrime amare che non poteva fermare. Karla le si avvicinò, toccandole la spalla destra.

«Aiyana, tirati su, vieni qui.»

La prese per le braccia, come si fa con i bambini e la aiutò ad alzarsi. La strinse al petto, avvinghiandosi a lei come per proteggerla da quello straziante dolore.

E il mondo era di nuovo immobile, come fermatosi per rispettare il silenzio di quell'assenza incolmabile. Fermo, come quella notte in cui, in una Duluth gelida, Aiyana si era ripresa la sua vita, e la neve era scesa ad ammutolire il mondo. E quella piccola città del Minnesota, silenziosa, sembrava imprigionata in una di quelle bolle di vetro che imbiancano tutto perpetuamente. Ben era morto, e neanche l'inverno più gelido avrebbe potuto gelare così in fretta la vita di Aiyana come quella perdita.

E *Ben* era morto

E *Selene* era distante

E *Aiyana* era sola

E il *mondo* un posto invivibile.


Alle dodici e trentacinque, Aiyana, completamente vestita di dolore, cercava nell'armadio qualcosa per il funerale. Scese, dieci minuti più tardi, con un vestito indaco a tinta unita lungo fin sotto le ginocchia.

Lei e la nonna non si dissero nulla, non si toccarono, non si sfiorarono. Uno sbaglio disumano mettere i muri con chi si ama per colpa della paura e del silenzio.

Entrarono in auto. Aiyana stava sul sedile del passeggero, la testa poggiata sul palmo della mano e lo sguardo perso e vuoto a guardare fuori. Passavano veloci davanti ai suoi occhi colori, immagini, grandi alberi verdi e spazi sconfinati di fiori meravigliosi. Niente la interessava. Karla, dalla parte del guidatore, aveva lo sguardo attento sulla strada, anche se ogni tanto cercava di guardare Aiyana dal riflesso dello specchietto. Era davvero preoccupata per sua nipote.

Le due erano quasi arrivate al luogo dell'appuntamento. Uno strano silenzio regnava nella macchina, un freddo terrificante si insidiava nelle ossa. Improvvisamente, mentre ognuna era persa nei labirinti dei propri pensieri, sentirono uno strano rumore provenire dall'auto, che le costrinse a fermarsi.

«Merda, abbiamo bucato, nonna!»

«La sorte non è proprio dalla nostra parte…»

«Ora cosa facciamo?»

«Andiamo a piedi.»

«Ci metteremo troppo, arriveremo in ritardo!»

«Ci metteremo di più a cambiare una gomma, forza, muoviti!»

Karla si incamminò, con passo svelto. Aiyana non poté che seguirla.

Nel frattempo, mentre dalle campane della cattedrale di *Our Lady of the Rosary* suonavano quindici rintocchi, la bara di mogano scorreva come acqua in un fiume sulle spalle di un gregge a testa bassa.

Tra quella folla di persone, c'era anche Selene che aveva accompagnato una collega di lavoro per starle vicino, senza sapere chi fosse Ben.

Appena la bara entrò nell'edificio i genitori del ragazzo si strinsero in un abbraccio. La donna, visibilmente sconvolta, girò la faccia dalla parte opposta alla porta, come a dire alla vita che lei quella morte maledetta non l'avrebbe accettata mai. L'uomo, spalle larghe e mani forti, la strinse a sé e si lasciò scappare una lacrima. Appena le campane smisero di suonare, le persone che erano fuori cominciarono a mettersi in fila per entrare nella chiesa. Selene, accanto all'amica, era l'ultima della fila. Fece per entrare, ma si accorse che l'altra non la stava seguendo e si girò a guardarla.

«Va tutto bene?»

«In realtà no, non credo di farcela.»

«Che succede?»

«Non lo sopporto, non riesco a sopportare tutto questo, voglio andare via.»

«Sei sicura?»

«Sono sicura.»

Le due ragazze guardarono per l'ultima volta in fondo al lungo corridoio che portava fino all'altare, dove tra i fiori e un camice da infermiere, era posizionata la bara di Ben. Poi si voltarono e si incamminarono. Restarono in silenzio, in sottofondo solo l'eco della voce metallica della messa che si udiva in lontananza. Forte era il rumore provocato dalle loro suole che calpestavano il lastricato di cui era ricoperto il viale che le avrebbe condotte all'auto. Mentre Selene cercava nella borsetta le chiavi, sentì un rumore di passi farsi sempre più vicino. Si voltò a guardare in direzione del suono e vide in lontananza due sagome che avanzavano svelte. Tornò a frugare tra il caos delle sue cose. Una volta aperto lo sportello, Selene venne catturata nuovamente da quel suono di passi che ora era davvero vicino, davvero forte. Si girò di nuovo per guardare meglio e quello che vide la sconvolse completamente. Quei passi appartenevano ad Aiyana e a sua nonna, che precipitosamente, si dirigevano verso la chiesa per il funerale.

Aiyana, tutta presa nel mettere un piede dopo l'altro per non inciampare sui tacchi, incrociò lo sguardo di Selene. Le due si guardarono a lungo, con le facce sconvolte, gli occhi sgranati e le pupille dilatate grandi come buchi neri di rimpianti.

Selene la chiamò, senza una ragione precisa, senza alcun motivo. Le parole le scivolarono veloci di bocca come un pesce che si è liberato dall'amo e vuole solo scappare. E pronunciandole prese consapevolezza che non sarebbe più potuta tornare indietro.

«Devo andare Selene, mi dispiace! Ma telefonami, vieni a prendermi domani!»

Aiyana si allontanò fino a diventare agli occhi di Selene una formica che brucia al sole. Selene rimase con lo sguardo fisso sulla sua sagoma fino a quando il buio della porta d'ingresso della chiesa non la inghiottì completamente.

## CAPITOLO 8:

## CI VUOLE TEMPO

Era un'alba triste quella che andava a tingere di rosa il cielo turchese dandogli un aspetto fiabesco. Per questo ci si dovrebbe sempre svegliare quando inizia il giorno, per sentire meno il dolore di doversi separare dai propri sogni e dover indossare i luridi vestiti della realtà. Lo pensava anche Selene, che alle cinque e quarantasette del mattino aveva gli occhi fissi verso la finestra per scrutare l'orizzonte. La grande finestra di ciliegio nero della sua camera era completamente spalancata, le tende di bisso ricamato ondeggiavano lievi, come piume. Un fievole soffio di vento entrò e andò a sfiorarle la bianchissima pelle nuda. Sdraiata su un fianco stringeva tra i pugni la federa del cuscino: si era rannicchiata, in posizione fetale, com'era solita mettersi quando sentiva il calore del corpo di Aiyana stringerla in una morsa d'amore. Si sentiva sola. L'aria fresca di quella mattina non faceva altro che rimarcare quel profondo taglio che non smetteva di sanguinare, quel vuoto lasciato da Aiyana che non poteva riempirsi con niente che non fosse lei. La solitudine non è per tutti, si ripeteva Selene. La solitudine non è per chi non ha scelto di restare solo, ma deve farlo ugualmente. Gli innamorati sono come degli uragani, degli incendi incontrollabili capaci di affrontare tutto e lottare come leoni per difendere il loro amore. Finché un giorno gli viene tolta la cosa più preziosa: la persona amata.

L'aria si era impregnata di malinconia, gelo e solitudine, quando la radiosveglia iniziò a trasmettere *Still loving you* degli Scorpions:

*Time, it needs time*
*To win back your love again*
*I will be there, I will be there*
*Love, only love*
*Can bring back your love someday*
*I will be there, I will be there*

*I'll fight, babe, I'll fight*
*To win back your love again*
*I will be there, I will be there*
*Love, only love*
*Can break down the wall someday*
*I will be there, I will be there...*

«Tempo, c'è bisogno di tempo…» sussurrava, intonando quelle parole. Era vero, c'era bisogno di tempo, ma era arrivato anche il momento di ricominciare e di riprendersi l'amore. Selene era determinata a riavere Aiyana a ogni costo, ed era pronta a lasciarsi dietro qualsiasi cosa: i mesi di assenza, il dolore, il tradimento. La morte di Ben era stata per lei una rivelazione, le aveva fatto capire che il tempo è limitato e che è un attimo perdere chi si ama. Si era resa conto di amare troppo Aiyana e non poteva permettersi di perderla ancora. L'amore è il principe dei sentimenti e gli innamorati sono dei re. Le braccia dell'uno sono il castello dell'altro e le loro ricchezze sono tutte racchiuse in bisbiglii al buio e sguardi rubati al tempo. Selene si alzò dal letto con molta fretta, è da perfetti idioti indugiare quando si può correre dalla persona che si ama. I muri non servono, le distanze distruggono, i silenzi cancellano.

Mentre la voglia di amare si risvegliava in Selene e con lei il sole e poi il mondo intero, anche Aiyana si sentiva sola. E colpevole. Colpevole di tutto. È uno strano difetto delle persone troppo fragili e sensibili quello di sentirsi in colpa. Ben era morto, Selene adirata, tradita e lontana. Lei era distrutta e si sentiva la metà incompleta di qualcosa di straordinario per essere diviso. Inerme, nel letto con le lenzuola dai ricami blu, fissava il vuoto, mentre le lancette scorrevano veloci. Il tempo: ecco il problema. Il tempo è una gabbia, l'uomo è leone e domatore stesso, aquila e cacciatore, pesce e pescatore, vittima e assassino, giudice e giudicato. Ed è una strana alchimia quella che si viene a creare. L'uomo schiavo di se stesso si ingabbia nei minuti, si fa soffocare dai secondi, si fa rincorrere da una cognizione inesistente di cui lui stesso è il creatore. Se solo avesse potuto guardare gli occhi di Selene per tutto quel tempo, avrebbe visto il mare, il cielo, un bambino nuotare e l'amore che sboccia come un fiore. Doveva stringere tra le sue braccia Selene. L'amore pretende, si dimena come un pesce costretto a diventare cibo. L'amore urla a gran voce e noi non lo ascoltiamo.

L'orologio appeso alla parete davanti al letto di Aiyana segnava le dieci e dodici. Le lancette aperte come braccia forti di chi è pronto a stringersi sul petto un amico che soffre. Si alzò dal suo rifugio e si mise a riordinare la stanza. Sentiva che solo così poteva affrontare il dolore, andando avanti, nonostante le lacrime che le scoppiavano dentro. Con i vestiti che sapevano ancora di sonno, decise di scendere per la colazione. A ogni gradino sentiva una strana sensazione salirle in gola. Appena entrata nella sala da pranzo venne travolta da un forte odore di dopobarba. L'emozione provocata da quel profumo la costrinse a reggersi, con entrambe le mani, allo schienale di una sedia.

«Aiyana, tutto bene?»

La nonna le parlava, ma Aiyana non le rispondeva, seguiva con gli occhi la scia di quell'odore che sembrava condurla fino all'uscita. Delle immagini sfocate e velocissime le passarono nella testa. Chiuse gli occhi per provare ad afferrarle, ma svanirono immediatamente.

«È venuto a trovarti qualcuno?»

Aiyana interrogò sua nonna con sguardo severo. Karla, che stava versando il caffè in una tazzina, trasalì. La sua mano iniziò a tremare leggermente facendo cadere qualche goccia sul tavolo. Si immobilizzò per alcuni secondi, come se la vita si fosse arrestata dentro di lei.

«Sì, è venuto il mio amico, quello di cui ti parlavo l'altro giorno.»

La sua voce vibrava come una fiammella al vento.

Aiyana la scrutava dall'alto al basso, questa volta non le credeva. «Che strano, questo tuo amico viene sempre a trovarti quando non ci sono o quando dormo, eh?»

Un rumore di cocci rotti si propagò per la stanza. Karla aveva fatto cadere la tazzina che era sul tavolo. Uno spasmo involontario, un gesto improvviso le fece scattare la mano destra in avanti, nel vuoto, come a voler scacciare via qualcosa. Era visibilmente nervosa. Era chiaro che stava nascondendo qualcosa a sua nipote. Aiyana iniziava a spazientirsi e non distoglieva lo sguardo dalla nonna.

«Ti ho detto che è venuto un amico, puoi anche non crederci, non mi interessa.»

La risposta secca di Karla fece agitare ancora di più Aiyana. Ora ne aveva la certezza, qualcosa non andava. Forse sua nonna non accettava completamente la sua relazione con Selene e per questo si comportava in modo strano ed era così fredda con lei.

«Non ti sta bene che sto con Selene, vero?»

«Sei impazzita?»

«Qua quella pazza sei tu, che ti comporti in modo strano.»

«Come ti permetti di rivolgerti a me in questo modo?»

«Non l'hai mai accettata questa relazione, è così?»

Karla era su tutte le furie. Fece per rispondere ad Aiyana, ma il loro litigio venne interrotto dal suono del campanello.

«Vado ad aprire io.»

Aiyana si incamminò verso la porta per andare a vedere chi fosse. Una volta aperto, la ragazza dovette portarsi una mano davanti alla bocca per contenere lo stupore. Piccole rughe d'espressione le erano fiorite ai lati degli occhi, ramificazioni di una felicità che non poteva contenere.

«Questi sono per te.»

Aiyana si era ritrovata davanti Selene, che con un mazzo di azureum profumatissimi, le sorrideva teneramente.

Rimase per un po' a guardarla, come fosse la cosa più bella al mondo.

«Cosa ci fai qui?»

«Sono venuta a prenderti, ti va di venire con me?»

«Dove?»

«All'inizio.»

«L'inizio di cosa?»

«L'inizio di un sogno.»

Aiyana si precipitò nella sua stanza a cambiarsi. Quando tornò, Selene non poté che guardarla con occhi meravigliati. La sua bellezza era un'onda d'urto potentissima che si propagava tutt'intorno. Indossava una maglietta bordeaux leggermente scollata e un paio di pantaloncini neri che lasciavano scoperte le lunghe gambe nude.

«Sono pronta.»

«Allora andiamo.»

Selene le tese la mano e Aiyana la strinse, sentendo il sangue nelle vene scorrere veloce.

Aiyana si girò verso la nonna. Le due si guardarono con sguardo severo, nelle pupille ancora il residuo della discussione che avevano avuto poco prima.

«A che ora torni?»

«Non lo so se torno.»

«Come non lo sai?»

«No, non lo so, poi ti chiamo.»

Si salutarono così, con freddezza e risentimento. Aiyana si chiuse la porta alle spalle e con essa tutto il resto.

Aiyana si era ritrovata catapultata nella macchina di Selene come in un sogno. Ma quella era la realtà e sembrava rendersene conto piano mentre, ignara di dove stessero andando, guardava fuori dal finestrino. Nonostante fossero finalmente insieme, qualcosa la turbava dal profondo. Forse la discussione con sua nonna, la paura di non essere mai accettata davvero.

Selene sorrideva distrattamente, come chi si perde in quei mondi fantastici riservati solo ai sognatori più accaniti. Avevano superato il vecchio ponte azzurro, proseguendo verso destra per una lunga strada semideserta. Aiyana non riconosceva quel posto, ma dentro di sé qualcosa fremeva e scalciava come un bambino che nel ventre percepisce il calore del palmo materno.

«Dove mi porti?»

Aiyana si girò a guardare Selene e le fece un sorriso dolce, alzando di poco gli zigomi. Una patina di tristezza le comparve nell'incavatura sotto gli occhi.

«In un posto speciale, spero possa farti dimenticare la pesantezza di questi giorni.»

«Tipo?»

«È un segreto.»

«Almeno è un bel posto?»

«Bellissimo, ma non bello quanto te.»

Selene guardò Aiyana, poi sorrise e ricominciò a parlare.

«Una volta, mentre percorrevamo questa strada, mi hai scritto una poesia su un post-it e l'hai attaccata sullo specchietto retrovisore.»

«Sono così romantica?»

«Da fare schifo. Comunque guarda, la poesia sta nel portaoggetti.»

Aiyana prese il post-it sbiadito e ne lesse il contenuto ad alta voce.

«Con i tuoi occhi/Che mi hanno/Insegnato a nuotare/*Tu mi hai insegnato/Il mare.*»

Rimasero in silenzio per un po', poi Aiyana riprese a parlare.

«*Tu mi hai insegnato il mare…* ecco cosa significava quella frase nel bigliettino.»

Il lungo stradone, fiancheggiato da una miriade di alberi di diverse sfumature, aveva lasciato senza parole Aiyana, ma non era niente in confronto a quello che la attendeva solo pochi metri più avanti. Selene poggiò delicatamente la mano lattea sulla coscia di Aiyana, sentendola irrigidirsi e poi tremare appena. Aiyana, sorpresa e spaventata, come una foglia giovane in balìa dei primi venti settembrini, si girò lentamente a guardare Selene. I suoi occhi si riempirono di meraviglia, lo spettacolo visto fuori non era e non sarebbe mai stato bello quanto era bella lei. Le fissò le labbra carnose, e poi seguì con gli occhi le parole che ne uscirono.

«Aiyana, girati, siamo arrivate.»

Il silenzio.

I loro occhi riflessi nel blu dell'infinito. Aiyana estasiata si sentiva persa nelle dolci carezze di quelle acque calme e solitarie. Fissava l'orizzonte, quel punto lontano dove non si sa più se il cielo e l'acqua siano due cose distinte.

Si era presentato così il Superior Lake, con le sue acque dolci e accoglienti, dove i raggi del sole vanno ad appisolarsi.

«Siamo arrivate», ripeté piano Sally, prendendole la mano.

Percorsero il piccolo sentiero di ciottoli grigi che fiancheggiava il ponte. C'era un'unica panchina, solitaria e sconsolata, proprio alla sommità del sentiero, ai margini del lago. Si sedettero, con i piedi poggiati sui sassi umidi, gli sguardi rivolti all'eterno. Sally strinse al suo petto la mano di Aiyana, lei sentì uno strano calore salire lungo la spina dorsale, lento. Socchiuse gli occhi, sentendo il vento lieve carezzarle i capelli. Respirò a fondo, anelò a pieni polmoni con ingordigia.

Aveva fame d'amore.

«Venivamo sempre qui. Era il nostro rifugio. Quel posto che sembrava casa, che sapeva di noi. È iniziato tutto qui.»

«Raccontami qualcosa di noi, Selene.»

Aiyana si voltò verso di lei, i gomiti poggiati sopra le cosce e la faccia sprofondata tra le mani. Sorrideva.

«Mi ricordo una volta che siamo venute qui, era notte. Stavamo con le facce all'insù, i nasi a toccare l'aria stellata che sembrava una coperta. Il vento ci pigliava a schiaffi, era forte e smuoveva anche l'acqua del lago. Lo sentivo sbattere contro il faro alla fine del ponte metallico. Ti sei voltata e hai detto: "Tu sei importante per me" e tutto ha iniziato ad avere un'altra forma nella mia vita.»

«E poi?»

«Mi hai lasciato un bacio tra il mento e il labbro inferiore e hai poggiato la testa sulla mia spalla. Sei tornata a guardare le stelle, ne disegnavi i contorni con la punta delle dita.»

«Sei la mia stella, Sally.»

Le parole lasciarono il posto a baci intensi e appassionati. Poi le due ragazze si strinsero in un forte abbraccio, una morsa d'amore impossibile da dividere.

Aiyana spostò lo sguardo verso il lungo ponte metallico che portava al faro in fondo al lago. Sembrava una fantasmatica presenza, come se ondeggiasse mosso dal vento. Il sole gli batteva contro e lo faceva sembrare incandescente. All'improvviso vennero interrotte da un suono di passi metallico, qualcuno correva sul ponte arrugginito che conduceva al faro. Aiyana si irrigidì di colpo. Si girò di scatto sgranando gli occhi, poi si portò le mani alle orecchie e si mise al riparo tra le sue ginocchia. Selene le prese la testa tra le mani e la tirò su.

«Vuoi dirmi cosa sta accadendo? Mi sto preoccupando.»

«Quel rumore mi ha ricordato qualcosa, ho visto delle scale arrugginite. Qualcuno scappava e correva. I suoi piedi facevano lo stesso assordante rumore che ho appena sentito.»

Aiyana si strinse nelle spalle, poi dovette girarsi perché qualcuno, dal ponte di ferro, la stava chiamando.

«Signora, mi può ridare il mio aeroplano?»

Un bambino con i capelli color del grano guardava Aiyana con la faccia sorridente e gli occhi dolci.

«Quale aeroplano?»

«Guarda! Ti è finito sopra le scarpe.»

Aiyana si abbassò e vide il piccolo aeroplanino di carta. «Ecco qui, tieni il tuo aeroplano.»

«Perché stai piangendo?»

«Non sto piangendo! Mi sono emozionata per il tuo splendido lancio. Da grande diventerai un pilota bravissimo.»

«Guarda, ora lo rifaccio!»

Aiyana fece per rispondergli, ma il bambino era già volato via veloce come il vento stringendo tra le piccole dita il suo prezioso giocattolo. Le ragazze rimasero un po' a guardare quello strano ragazzino. I suoi piedi veloci correvano sul ponte metallico rincorrendo l'aeroplano, diffondendo nell'aria l'assordante rumore dei suoi passi.

Selene posò il braccio attorno al collo di Aiyana.

«Vieni qui, appoggiati sulla mia spalla.»

Aiyana cercò di scacciare via quella brutta sensazione.

«Mi racconti la nostra prima volta qui?»

«Era gennaio, il lago era una distesa di bianco e i tuoi occhi il paradiso. Il pallore della mia pelle avrebbe potuto fondersi col candore della neve. Ma c'eri tu, così bella e io ero un fuoco vivo di gioia. Ti ho carezzato i capelli, troppo neri per tutto quel bianco, e tu mi hai solleticato le labbra col tuo respiro.»

«Da come racconti di noi, dovevamo essere davvero molto innamorate.»

«Lo eravamo…»

«Lo siamo.»

Un altro bacio a interrompere le parole. Risero, risero di gusto. Poi Selene continuò a raccontare.

«Ti ho preso la faccia tra le mani. I miei palmi scivolavano dolci sulla tua pelle morbida. Guardavo un po' il lago e un po' te. Poi ti ho avvicinato alle mie labbra e il mondo ha smesso di esistere. C'eravamo solo noi.»

Con le palpebre socchiuse, Aiyana sembrava persa in un lunghissimo flashback. Come se stesse guardando il film migliore della sua vita. Forse, semplicemente, ricordava.

Fremeva e tremava, era un groviglio di emozioni incontrollabili. Si girò verso Selene, le guardò prima le mani, poi le labbra, poi di nuovo le mani. Le prese il braccio, le alzò la manica e pianse.

«Siamo come quel punto inesistente ma fondamentale in cui cielo e mare si fondono per fare l'amore.»

Aiyana era riuscita ad afferrare un ricordo, a renderlo parte di sé, assaporarlo e condividerlo. Ricordava del tatuaggio, quello che avevano entrambe sul polso, ricordava il suo significato. *Mniwaka*, mare. *Mahpiya*, cielo. Loro erano mare e cielo, inseparabili. Sempre insieme, costantemente in contatto.

«Io... tu...»

Selene non fece in tempo a pronunciare una sola parola, a emettere un fiato. Aiyana le prese il volto, lo avvicinò al suo, sorrise. Poi si persero entrambe, cadendo in deliqui d'amore senza fine. Divennero una cosa sola, mare e cielo, acqua e zucchero, Selene e Aiyana, felici. Si ritrovarono, finalmente, dopo troppo tempo, ma si ritrovarono. Rimasero l'intera giornata a guardarsi e sfiorarsi.

A notte fonda, confuse, non sapevano come reagire a quell'ondata d'amore. La luce della luna, riflessa in quella distesa di acqua infinita, illuminava i loro volti paonazzi. Si spogliarono, sentendo sotto i piedi nudi i piccoli ciottoli grigi della spiaggia ed entrarono in acqua.

Non erano vestite altro che degli sguardi timidi dell'una sull'altra.

Si guardavano portandosi negli occhi quella tenerezza riservata solo a chi si ama profondamente. Aiyana tese una mano verso Selene, la afferrò e la tirò a sé, stringendola in un lungo abbraccio. Non le importava dell'acqua gelida, del frastornante rumore delle onde sugli scogli, dell'inquietudine provocata dall'immensità di quelle acque: in quell'istante sparì il mondo, il dolore, e loro con essi. L'abbraccio si trasformò in un bacio lungo e appassionato. Tornarono in quelle acque, naufragate ormai nell'estasiante eccitazione di quel bacio. Aiyana si staccò per prima, piano e vide un po' di saliva che teneva unite le sue labbra a quelle di Selene, come a dirle che loro ne volevano ancora. Cadde in acqua, silenziosa e andò a morire a riva insieme alla bianca spuma delle onde. E in quella notte, in quelle acque, si amarono così tanto che i loro cuori fuggirono dai loro petti, nascosti sotto i ciottoli, per non doversi separare mai più.

Non percepivano l'inesorabile scorrere del tempo, erano come un fermo immagine, una fotografia. Felici.

«Ho freddo, torniamo in macchina.» Aiyana, con qualche gocciolina d'acqua che le scendeva sul volto, sorrideva.

«Chi arriva per ultima perde!»

«Non vale, sei partita prima!»

Le due, correndo verso l'auto, ridevano di gusto e non potevano fermarsi. Una gioia immensa sembrava essere esplosa dentro di loro.

Lo squillo del cellulare, distante e dimenticato sul sedile posteriore dell'auto di Selene, distrusse l'atmosfera.

Aiyana prese il telefono e vide che c'erano sei chiamate perse di sua nonna. Preoccupata, la richiamò immediatamente.

«Pronto?»

«Nonna, cosa succede?»

«Cosa succede? Mi hai fatto spaventare a morte!»

«Scusami, ero a fare il bagno al lago e ho dimenticato il telefono in macchina.»

«Ti rendi conto di che ore sono?»

«Sì, è molto tardi, mi dispiace.»

«Pensavo ti fosse successo qualcosa…»

«Sto bene.»

«Ho avuto così paura che ho chiamato tuo padre.»

«Cosa?»

«Anche tuo padre si è preoccupato per te.»

«Mio padre?»

«Sì, è qui.»

Aiyana si sentì improvvisamente pesante, la testa le iniziava a far male. Non si aspettava che suo padre si sarebbe ricordato di lei. Rimase in silenzio per un po', poi disse sottovoce: «Voglio parlare con lui.»

«Come?»

«Fammi parlare con lui.»

«Va bene, te lo passo.»

Selene osservava Aiyana mordersi le punte delle dita spasmodicamente, era davvero nervosa.

«Aiyana, sono papà, dimmi.»

# CAPITOLO 9:

## SABBIA AL VENTO

A quelle parole, come sabbia al vento, Aiyana volò via, chissà in quale posto, in quale angolo remoto della sua memoria ormai persa da tempo e ancora non ritrovata completamente. Sentì dei brividi lungo tutto il corpo e stavolta non erano provocati dalla gioia di essere amata. Si girò per incrociare lo sguardo di Selene, ma ai suoi occhi arrivò prima l'accecante luce del faro.

Aiyana trasalì, come presa da un improvviso malore. Tese le mani in avanti, si sentì travolta da un vortice scuro, un flashback stava scorrendo veloce nella sua memoria.

Era notte fonda, le scale di ferro arrugginito non smettevano di cigolare. Aiyana, con in mano un piccolo fiammifero, cercava di far luce in quell'oscurità. Sentiva il cuore palpitare e uscirle dal petto, voleva scappare da quell'incubo, ma non ci riusciva. Nonostante davanti a lei non ci fosse nulla sapeva di non essere sola. Di nuovo quell'aria gelida fra i capelli. Sentì dei passi avvicinarsi a lei senza capire da quale direzione provenissero. Sgranò gli occhi, un brivido freddo le percorse la schiena e la fece pietrificare. All'improvviso qualcuno le afferrò il collo. Una luce accecante le era stata puntata dritta nelle pupille. Un attimo dopo, quella luce, illuminava un altro volto, cereo, sudato, marchiato dalla vita e dal dolore. Era suo padre.

Aiyana cadde a terra violentemente, mise le mani sopra la testa, digrignando i denti. Selene non sapeva cosa fare, come reagire. Si avvicinò piano al suo volto tendendole la mano.

Aiyana la guardò negli occhi.

«Non è stato un incidente, Selene.»

«E... E cosa?»

«È stato mio padre, quella notte, a ridurmi così.»

«Cosa stai dicendo! Sei impazzita?»

«No. Gli ho detto di noi. Del viaggio che mi avevi regalato.»

«Mi dispiace... io...»

«Basta, portami a casa con te.»

Entrarono in auto, silenziose sulla strada buia, che sembrava volesse rispettare la loro sofferenza. Arrivarono davanti al cancello. Aiyana, anima disperata e sbranata dall'umiliazione, attraversò il lungo viale di rose, che sembravano intimidite dalla sua presenza. Entrò in casa, Selene a pochi passi da lei.

Preoccupata, vedeva solo un oceano sconfinato di dolore negli occhi della persona tanto amata. Ma nel suo cuore, ancora sperava. Vedeva il loro futuro pieno di spensieratezza.

«Vado a lavarmi, Selene.»

«Vuoi che venga con te amore?»

«No, per favore.»

Aiyana era distante, distrutta, derelitta. Sembrava senz'anima. Una persona a cui è stata appena tolta la voglia di vivere. È questo quello che succede quando si viene umiliati, quando l'amore viene visto come sbagliato, quando non ci si sente accettati, neanche da se stessi.

Erano ormai le tre del mattino. Aiyana si spogliò, con gli occhi che fissavano il vuoto. Aveva perso tutto, di nuovo, ricordando che suo padre, quell'amore che lei tanto bramava, non lo aveva mai accettato. E Aiyana si convinse che non avrebbe potuto accettarlo mai e morì dentro. Si sentì sbagliata, fuori posto. Vide il suo futuro in macerie, come una città devastata da un terremoto. Sentì i suoi sogni soffocare, le sue più grandi paure prendere vita, diventare delle grandi mani che la strangolavano. Vide suo padre, con tizzoni ardenti al posto degli occhi, fissarla e annientarla. Riempì la vasca, fino all'orlo, e in lacrime si immerse completamente.

*Aiyana morì alle tre e quarantasette della sera stessa. Selene morì nello stesso istante, dentro, e non si riprese mai più. Quanto a me, me ne andai tempo fa, in un incidente, mentre desideravo ardentemente lei. Morti, noi tutti, per amore, penserete. Beffa del destino, maledetto burlone. Che dilemma, morti per amore! L'amore che uccide, un paradosso.*

*Sta qui l'errore. L'amore non uccide e non fa male.*

*Ho vegliato sulla vita di Aiyana ogni attimo dopo la mia scomparsa, amandola più di quanto facessi in vita. Non è stato il mio amore per lei a portarmi alla morte né tantomeno l'amore che lei provava per Selene a ucciderla. È stata l'assenza d'amore, la paura d'amare, di accettarsi, di capirsi, di piacersi. È stato l'odio costante, ingenerato, infondato, insensato a uccidere la bella ragazza dai capelli carbone. Un odio radicato, furibondo, che le ha strappato le membra e sbranato il cuore. È stata la mancanza di coraggio a ucciderla.*

*Pensate che cosa inconcepibile. C'è Aiyana innamorata persa, spensierata, addirittura felice, col cuore in subbuglio e pieno di buone aspettative e un futuro ove sbocciano sogni e spunta il sole dietro le nubi. Poi c'è qualcuno che le intralcia il cammino, la butta giù, la fa soffocare. C'è lei che si soffoca con le sue stesse* mani, con la sua stessa paura di non poter essere mai felice.

Si può odiare l'amore? È l'odio che uccide, ci spella, ci sciupa, ci corrode le interiora. È l'assenza, il vuoto, la mancanza. Non l'amore, no. L'amore non può ferirci o l'avrebbero semplicemente chiamato dolore.

# Capitolo 10:

## E invece no

*E invece no, le cose cambiano.*

*Anche se sembrano andare nel peggiore dei modi, in futuro le cose andranno meglio. C'è sempre una luce, e se non c'è accendetela voi o immaginate che ci sia.*

*Aiyana, come tante altre anime derelitte e innamorate, si sentiva ferita, poiché non era ciò che lei faceva a non essere accettato, ma ciò che lei era, ed è un qualcosa che nessun essere vivente che ci sia sulla terra (e chissà in qualsiasi altro posto dell'universo) potrà mai sopportare. Un'essenza rinnegata equivale a un'assenza.*

«Non è stato un incidente, Selene.»

«E… E cosa?»

«È stato mio padre, quella notte, a ridurmi così.»

«Cosa stai dicendo! Sei impazzita?»

«No. Gli ho detto di noi. Del viaggio che mi avevi regalato.»

«Mi dispiace... io...»

«Portami da lui.»

«Tu stai dando i numeri! Ha tentato di ucciderti! Perché dovrei portarti da lui?»

«Perché ti amo e voglio essere *libera* di farlo.»

Entrarono in auto, silenziose sulla strada buia, che sembrava volesse rispettare la loro sofferenza. Arrivarono, dopo interminabili e strazianti minuti di silenzio, davanti a casa di sua nonna.

«Vuoi che rimanga qui?»

«Sei la mia famiglia, scendi.»

Aiyana tremava di rabbia per aver ricordato qualcosa di così umiliante e doloroso. Un incubo nel quale sperava di non precipitare ancora.

Selene era terrorizzata. Le lacrime si affacciavano dai suoi occhi ma lei non le lasciava uscire.

Si avvicinarono alla porta di casa, lentamente…

*Io ero poco distante, non avendo ancora compreso dove Aiyana avesse preso tutto quel coraggio.*

*Ora lo so. È semplicemente la voglia di poter amare liberamente che spinge gli esseri umani a lottare e dimenarsi come moscerini in un barattolo.*

*L'uomo nasce libero, viene cresciuto come schiavo e poi viene convinto che la cosa giusta da fare sia lottare per ottenere la propria libertà.*

*Follia.*

*Ma sto divagando, lasciate che torni al mio racconto.*

Aiyana, innamorata ma non folle, aveva tirato fuori tutto il suo animo guerriero ed era pronta a dire, chiaro e forte, che lei non aveva intenzione di rinunciare a essere se stessa, né per paura né per qualsiasi altro motivo.

La sua piccola mano lattea ticchettò sul dorso della porta in noce. Si udirono dei passi. Così lievi che alle due ragazze parve di averli soltanto immaginati.

Una figura alta, macilenta, con i capelli brizzolati e gli occhi spenti le guardava dall'uscio della porta.

«Entrate...»

Era il padre di Aiyana, intrappolato in quella figura smorta e astratta. Un'ombra.

Aiyana sentì un odore forte e deciso di dopobarba, un odore che le sembrava familiare, ma non riconosceva minimamente il viso di quell'uomo. L'unico ricordo che possedeva l'aveva afferrato pochi attimi prima e aveva tizzoni ardenti al posto delle pupille e mani che la strangolavano.

Fece un passo indietro, terrorizzata.

Ma quello che aveva davanti era un altro uomo. Portava negli occhi una sofferenza contagiosa, che sembrava un libro aperto e lasciato di proposito sul tavolo, per far sì che prima o poi qualcuno leggesse quelle poche righe.

*Era forse il rimorso? Il pentimento?*

Selene, con adeguata prontezza, strinse delicatamente la mano di Aiyana e la invitò a entrare.

Aiyana entrò, stretta nella sua mano, come se volesse tenersi aggrappata a quell'invisibile filo che tiene appesi alla vita e non permette di precipitare.

*L'aveva immaginata diversa l'intera situazione.*

Quello che aveva davanti non somigliava minimamente alla grande battaglia che si era preparata a combattere: la tavola apparecchiata, un mazzo di fiori al centro, una crostata, una caraffa di tè caldo, probabilmente al tamarindo, e sua nonna fiera e sorridente.

«Aiyana, Selene, accomodatevi. Vi stavamo aspettando!»

Fuoriuscirono parole intense e dolci da quelle labbra un tempo bellissime.

«Nonna. Io... noi. Perché siamo qui?»

Aiyana si perse, precipitò nel buio, proprio come accade a chi è pieno di certezze che vede ardere sotto i propri occhi. Quella stanza era così piena d'amore, così accogliente, così totalmente differente da come se l'aspettava.

«Sedetevi. Tuo padre deve parlarvi.»

Selene, che fino a quel momento era rimasta in disparte, un passo dietro ad Aiyana, sia per timidezza sia per rispetto, si mise davanti a lei, come a volerla proteggere da qualcosa di mostruosamente malvagio. Entrambe guardarono quell'uomo negli occhi, per vedervi anche solo un briciolo di tutto l'odio che covava nei loro confronti, nei confronti del loro amore. Era così, le odiava e non si era mai lasciato sfuggire un'occasione per farglielo sapere. Aveva reso la loro vita un inferno. Non accettava che la sua dolce bambina dai capelli carbone potesse amare una donna. E così, piuttosto che vederla felice, preferiva ridurla in miriadi di pezzi ricordandole ogni giorno quanto quell'amore fosse sbagliato.

*E invece no, le cose cambiano.*
*C'era Aiyana, smarrita.*
*Selene spaventata.*
*La nonna serena.*
*E c'era il padre.*
*Quell'uomo che per entrambe le ragazze rappresentava una minaccia. Ma non quel giorno.*

I suoi occhi, bassi e vuoti, erano colmi di dolore, pentimento, amarezza. Li puntò dritti in quelli di Aiyana, con così tanta passione, che spaventata indietreggiò.

«Aiyana, ti prego, non avere paura. La vita è un oblio e se non sei bravo a trovare la tua luce, non ne esci vivo. *Orietur in tenebris lux tua,* ricordi? Ed è proprio così, come ti ripetevo: troverai la tua luce nelle tenebre. Io, purtroppo, il lume della ragione l'avevo completamente perso. Dopo la malattia e la morte di tua madre è stato tutto molto difficile. Ho sbagliato. Ho fatto errori imperdonabili. Non chiedo di essere perdonato o che tu, voi, dimentichiate tutto. Ti chiedo di essere felice. Ora e per sempre. Di correre verso quella luce che è la tua felicità, e di non smettere mai di inseguirla fino a quando non l'avrai raggiunta. Di sederti sulla battigia a respirare a pieni polmoni cos'è la vita, stringendo fra le braccia la persona che ti fa sentire di avere ancora una ragione per vivere. Ho capito troppo tardi che non sei un castello di sabbia da modellare a mio piacimento, ma un pesce libero di andare contro corrente. Si sbaglia, io l'ho fatto, ma tu sii felice.»

Non dissero una parola, ma si strinsero tutti in un caldo abbraccio. È incredibile la quantità di emozioni che si possono percepire quando i corpi si trovano in contatto. Aiyana ancora incredula, guardò raggiante, per la prima volta da quando si era risvegliata dal coma, sua nonna. Karla, squisitamente portata per rendere perfetta ogni cosa, prese le mani delle due innamorate e vi posò sui palmi una busta da lettere color ciano.

«Cos'è?» disse Selene, che era rimasta in silenzio, immobile, per tutto il tempo.

«Aprila! Forza!»

Il padre sorrideva e nell'aria un effluvio di felicità iniziava a dilagarsi.

All'interno poche righe scritte a mano con una grafia larga e incerta…

*L'Italia, il vostro sogno, che con le mie mani ho mandato in frantumi. Ma le cose cambiano. Il vostro aereo parte domani mattina all'alba.*

*Con affetto, papà.*

Grazie a me stesso, perché sono riuscito a sfuggire all'autodistruzione.

Grazie a tutte le persone incontrate lungo il mio cammino, tutte, nessuna esclusa. Perché in ogni essere umano, in ogni angolo di viso, in ogni fine di un sorriso, ho trovato qualcosa.

Grazie soprattutto agli sconosciuti incontrati su treni, pullman, biblioteche, librerie. Grazie per avermi permesso di osservarvi, di penetrare nel vostro io più profondo entrando dai vostri occhi.

Grazie, perché ho potuto conoscere il dolore che si ramifica e si nasconde in ogni essere umano.

Grazie, a questo punto, al dolore.

Grazie alla sofferenza che si è presentata a me in ogni sua forma, poiché senza di lei l'arte non esisterebbe in me e probabilmente in nessun uomo.

Grazie a tutti i bambini del mondo. Non smettete mai di sorridere e se potete, non smettete mai di essere bambini.

Grazie a Martina.

Grazie a Karen, tempestoso coraggio che mi ha trascinato sulla giusta via. Non avrei mai osato, se non mi avesse spinto, di volare come un'aquila e perché mi ha dimostrato che anche i gabbiani possono raggiungere le vette.

Grazie alla mia famiglia. A chiunque si senta parte della mia famiglia. Legami di sangue o meno, c'è famiglia dove c'è amore, questo basta.

Grazie, infine, a chi mi ha abbandonato. L'abbandono è stato un solco profondo nell'animo, cicatrice indelebile in cui ho potuto piantare i semi della mia felicità.

### Ulteriori Ringraziamenti
*(per la nuova edizione)*

Se questo libro ha avuto una seconda primavera lo devo soprattutto a me stesso, perché sono stato coraggioso e non mi sono lasciato travolgere dalla dannata sofferenza. Quindi, per la seconda volta, ringrazio me stesso. Da oggi mi voglio bene un po' di più.

Grazie a Malika, che mi ha permesso di sbocciare come un fiore e mi ha insegnato l'arte dei piccoli passi, permettendomi di uscire dalla mia tana. Questo libro è stato la mia seconda primavera, lei è stata la mia primavera cosa nel mondo. Come scrivo all'inizio di questo romanzo: "A chi è morto dentro, innamorati." Che la vita possa donarle almeno la metà di quello che lei ha saputo donare a me. L'ho tenuta a me quanto bastava, la terrò nel cuore per tutta la vita. Le mie braccia saranno sempre il suo posto sicuro, quando ne avrà bisogno. I suoi occhi sono stati il faro che ha dato luce a questo libro. Grazie, buona vita a me e a lei.

Grazie a mia madre, perché è riuscita a capire che tutti i miei punti deboli sono allo stesso momento i miei punti di forza. Se sto rinascendo dalle ceneri come una fenice e se posso farlo alla luce del sole è anche grazie a lei.

Grazie alla mia famiglia, tutta.

Grazie a Manù, amica sincera, spalla su cui piangere quando ce n'è stato bisogno. Grazie per essere stata la mia casa quando niente mi sembrava più esserlo.

Grazie a Michela che mi ha fatto sentire un po' figlio e un po' meno sperduto nel mondo. In questo libro c'è anche lei.

Grazie ad Angelica, che c'è sempre stata, in ogni momento, anche quando chiunque ha mollato la presa. Anche per i suoi silenzi che sono stati oro per me. Per questo è nei ringraziamenti, nel libro e dentro il mio cuore. Grazie all'amicizia profonda che ci lega e che non può essere spiegata a parole.

Grazie ad Alex, Roxanne, Andzelika e Imma per avermi insegnato, a ventidue anni suonati, che l'amicizia è una cosa fondamentale e che senza non si può proprio vivere.

Grazie a Debora, che ha saputo raccogliere le mie lacrime che cadevano silenziose insieme a una manciata di stelle e per essermi stata vicina nella stesura di questa nuova edizione. Per questo ho scritto anche di lei qui.

Grazie a Sara, che mi ha aiutato a diffondere il mio progetto, il mio amore per quello che faccio e il mio libro. Se posso finalmente essere soddisfatto e vedere un sogno che prende forma, è anche grazie a lei.

Grazie a Giulia e al destino che ci fatto conoscere per una ragione. Grazie per essermi stata vicina, nonostante la lontananza. Questo è quello che conta.

Grazie a Elena, perché solo noi sappiamo quanto è profondo e sincero quello che ci lega. Sa ogni cosa di me, ogni cosa di questo libro, anche la più oscura. Tutti i miei segreti sono nel suo pugno, tutte le mie debolezze nella sua mano. So che non stringerà mai la presa per farmi del male. Carezza le mie ferite e per questo la ringrazio. E che si ricordi sempre che se chiude gli occhi e guarda le stelle potrà sentire una risata amica che allevierà la sua sofferenza. Io la stringo nel frattempo.

Grazie a Diego, il mio migliore amico. I suoi appena sei anni di vita non impediscono di poterlo considerare già uomo. Mi ha insegnato più lui, che è solo un piccolo bocciolo di vita, che la vita stessa. Per questo lo ringrazio di cuore e gli dico che senza di lui tutto questo non sarebbe mai stato possibile. È stato il primo a farmi capire che non contava quello che gli altri pensavano di me. L'importante era amare e amarsi. Per questo ora dico al piccolo Diego che lo amo da morire.

Grazie alla mia editor Chiara, perché è stata sempre gentile e disponibile, guidandomi nel percorso di riscoperta e riscrittura del mio romanzo. Quando per la prima volta posai la penna sul foglio per dar vita a questo romanzo ero solo un ragazzino, i miei diciassette anni scorrevano veloci e voraci sul foglio e non permettevano a nessuno di darne giudizio. Grazie per essere stata delicata al punto giusto, sempre efficiente e presente per qualsiasi chiarimento. Ora che mi lascia la mano io sono già a un passo dai miei sogni. Per questo, le auguro di realizzare i suoi e le dico che da oggi ha un amico in più nel mondo.

Grazie infine a mio nonno, che non so se potrà mai vedere la fine di questo mio progetto. La malattia gli si è attaccata addosso come un cane bastardo e gli sta facendo a brandelli tutto, a me sta facendo a brandelli il cuore. Lo ringrazio, perché in silenzio è stato sempre presente, sempre un buon amico, sempre a mettermi quel "pizzico" di tenerezza nel cuore che nella vita mi hanno fatto mancare un po' tutti.

Mentre tutti erano accanto al suo letto, in questi giorni di malattia, io me ne stavo attaccato alla porta a guardarlo da lontano. So che saprà perdonarmi questo eccesso di debolezza, ma voglio che sappia che da quella posizione la luce del sole gli faceva brillare gli occhi come quando era felice. Lo voglio ricordare così. Ora sto volando sulle vette dei miei sogni, gli auguro di volare in un posto migliore di questo lurido mondo, dove la luce dei suoi occhi verdi possa brillare senza sosta. Grazie di tutto.

*Aiyana*, fiore eterno. Il nome deriva dalla lingua Dakota, originaria della cultura dei nativi d'America.

*Selene*, deriva dall'omonima parola greca che designa la Luna. Significa ente divino oppure luminosa, luce.

*Teucrium fruticans azureum* o porcellana di mare. Ha foglie piccole e dalla forma ovale e fiori a grappolo simili al gelsomino, con un caratteristico colore azzurro.

*Azzurro*, simbolo della comunicazione attraverso la creatività. Colore emblema della lealtà e dell'idealismo, trasmette senso di pacatezza.

*Rosa*, fiore che simboleggia l'amore segreto e la passione.

*Rosso*, il colore è simbolo del sangue e dell'energia vitale sia mentale sia fisica. L'uso di questo colore aiuta a combattere le energie passive infondendo una straordinaria forza psichica e motoria. Abbinato al primo Chakra, questo colore simboleggia l'estroversione e la forza di volontà.

*Cielo*, atmosfera della Terra o, per estensione, di un qualsiasi altro corpo celeste, vista dalla superficie. A causa della rifrazione e diffusione della luce del sole nell'atmosfera, di giorno il cielo appare di colore azzurro, con sfumature rosse o gialle all'alba e al tramonto. In caso di fenomeni meteorologici in corso, esso assume una colorazione grigiastra, più o meno scura.

*Mare*, massa d'acqua salata che ricopre gran parte della superficie terrestre, e che molto probabilmente contiene tutti i vostri sogni.

# INDICE


Antefatto .................................................... 11

Capitolo 1: Un nuovo inizio ......................... 15

Capitolo 2: Ripercorrere il dolore .............. 29

Capitolo 3: Stanza B 612............................ 41

Capitolo 4: Fuoco e acqua .......................... 51

Capitolo 5: Ritrovarsi ................................. 65

Capitolo 6: L'agone .................................... 79

Capitolo 7: Notte e tempesta ...................... 85

Capitolo 8: Ci vuole tempo ......................... 103

Capitolo 9: Sabbia al vento......................... 121

Capitolo 10: E invece no............................. 127

Ringraziamenti ........................................... 135

Bonus........................................................ 141

www.ingramcontent.com/pod-product-compliance
Lightning Source LLC
LaVergne TN
LVHW051539170726
843492LV00006B/1851